Du monde entier

KJELL ESPMARK

L'OUBLI

roman

Traduit du suédois
par Jean-Baptiste Brunet-Jailly

nrf

GALLIMARD

Titre original :

GLÖMSKAN

L'édition originale de l'ouvrage a été publiée
par Norstedts Förlag, Stockholm.

Je suis heureux que vous soyez venu me voir. Il a suffi, dans le couloir, du bruit vif de vos pas pour donner le branle à mon esprit presque inerte. Et dans vos mouvements il y a une attente contenue qui me rend la parole. Et puis vous avez pris place avec toute l'aisance d'une amitié ancienne, bien que ces choses-là ne soient plus de notre monde, nous le savons. Disons plutôt que c'est avec naturel que vous affirmez votre appartenance au même cercle... que nous aurions pu être amis, n'avaient été les circonstances.

J'ai de la peine à vous voir, dans ce jour qui papillonne. Vos traits s'estompent et se dédoublent quand je veux poser sur vous mon regard. Mais j'entends bien votre souffle: non point rapide comme si vous aviez gravi l'escalier au pas de course, ou nourrissiez des intentions agressives — plutôt calme, en attente. C'est mon porte-documents que vous surveillez du coin de l'œil. Mes souvenirs sont là, vous le savez. Oui, veuillez m'excuser d'avoir l'air un peu gêné d'en parler. Mais s'il est nécessaire de disposer aujourd'hui d'une mémoire portable, il est aussi ennuyeux de trahir ainsi sa misère. En ce qui touche l'enquête, l'arrangement en question est indispensable, pourtant. Sans porte-documents, je serais sans recours.

Je sais qu'il me faut sans retard capter votre attention. Faute de quoi vous n'allez me prêter l'oreille qu'un instant, de plus en plus distraitement, avant de vous lever et de partir. Mais c'est que j'ai besoin de vous. Et vous de moi, je crois. Ce que j'ai à vous dire vous concerne peut-être, ou effleure en tout cas le fondement de l'existence. Attendez, je vais vous dire.

Vous êtes venu me voir, si je vous ai bien compris, pour chercher à savoir ce que c'est au fond que l'oubli. Nul ne devrait en principe être mieux placé pour le dire qu'un homme qui dirige des recherches en ce domaine. Tout en craignant que vous n'ayez trop haute idée de mes connaissances à ce sujet, je vous éclairerai de mon mieux. Vous, en retour, vous m'aiderez à trouver... ou plutôt : à la retrouver, *elle*. Je voudrais dire un nom, mais il n'y en a plus, vous voyez. Peu s'en faut, il est vrai, qu'il ne m'en vienne un aux lèvres, mais je n'oserais pas le prononcer. Imaginez que je me trompe, il n'y a pas de retour. Je laisse la question ouverte, il faut bien.

J'ai donc besoin de votre aide pour connaître le prix des quelques indices que je possède. Le dossier touchant mes recherches n'occupe qu'une partie du compartiment central de mon porte-documents. De côté, j'ai serré ce que j'ai pu conserver de mes archives personnelles. Et je ne vous dis rien de ce tas de bouts de papier dont j'ai les poches pleines, que je n'ai jamais le temps de lire et ne jette quand même pas, de tous ces pense-bêtes dont j'ai par-dessus la tête. Le compartiment réservé aux documents privés ne contient pas grand-chose, quelques pièces de bric et de broc qui m'ont accompagné, les unes déchirées, froissées, d'autres plus récentes, une poignée de photos, de reçus, quelques agendas, et deux ou trois factures. De fait, ces paperasses me laissent une impression d'étrangeté semblable à celle qu'elles vous inspirent à vous, je présume.

Il faut que j'aie redouté, lorsque j'ai commencé mes fouilles personnelles, que ce ne soit un délit d'essayer en cette sorte de combattre l'amnésie. Oui, je préfère ce terme au populaire : oubli. J'ai, selon toute apparence, pris connaissance de la réglementation en vigueur. Je vois sur ce bout de papier que j'en ai même parlé au chef de notre service juridique. Le 27 — il n'y a pas d'indication de mois. Mais voilà un O.K. Et de mon écriture ; mon identité première. Une seule chose m'inquiète ; on lit, sur ce O.K. : « Mais en levant le sourcil. » Après quoi une question qui augure assez mal : « Votre en... quête ? » En détachant apparemment chaque syllabe. C'est à n'y rien comprendre.

Votre présence m'offre une chance singulière de dissiper, en le raisonnant, ce désarroi. Je puis faire l'épreuve de mon trouble sur le vôtre, avec vous approfondir cette sensation de vide qui ne cesse de croître en nous, et peu à peu faire surgir... Je ne me préoccupe point de banalités touchant le fait qu'on ne se rappelle pas son enfance, où l'on était hier soir, ou tout simplement ce qu'on trafique. Ce sont choses avec quoi nous avons appris à vivre, après tout. Non. Je songe plutôt à des désordres tels que de se trouver chaque soir devant la porte de « chez soi », sans savoir quel visage ont ceux qui vous attendent au-delà. Des enfants inconnus qui s'avancent vers moi, essayant un : papa ? Une étrangère qui m'ouvre une étreinte incertaine ou me jette une question, sur un ton qui peut-être est d'une institutrice, peut-être d'un garde à l'octroi ? Pensez, si c'était elle ! Je couche avec, peut-être pas. Sais pas. Mais d'hier à ce soir ce n'est pas la même, sans doute.

Je dois avoir été mis à la porte maintes fois. Plusieurs indices tendent à me faire croire que l'amnésie est inégalement répartie, touche davantage ce qui tient à mon milieu ordinaire. Il faut croire que parfois on a reconnu en moi un étranger et que j'ai été éconduit. Je ne me rappelle pas.

Mais ces folles tentatives de retourner chez soi ne sont que les signes d'une quête qui a occupé toute ma vie. Je scrute et fouille mes papiers, cherchant désespérément une trace... d'elle. Je veux voir ce qui tout à coup éclaire tout un pan de choses, une ligne, une image, jetant sur un domaine vierge un jour inattendu. Mais j'ai besoin de vous pour voir.

Je vais vous expliquer. Regardez cette photo — de l'enfant au poisson. Il me ressemble assez pour que j'ose affirmer que c'est moi vers neuf ans. La chose qu'il brandit ? Une truite saumonée, qui doit faire dans les trois livres. De l'autre main il tient une canne à moulinet — un modèle pour enfant, à enroulement simple. Tout est parfaitement net, en cette profusion de fragments : le maillot à rayures, le pantalon golf qui ballonne, la casquette trop étroite — et puis ce poisson luisant, invraisemblable. Regardez, l'enfant est debout dans un bateau à moteur, large et non ponté, dont les rames relevées se dressent en V derrière lui. A l'horizon s'étendent des rives bordées de pins — une forêt du Norrland, il faut croire —, pierreuses, avec çà et là quelques pièces de bois flotté. Un îlot, un trois-mâts : le moindre rameau est net. Mais ce qu'il y a de plus clair dans l'image, c'est ce qui n'y est pas : le photographe. Soumises à sa régie, les choses tournent autour de lui. Le fils pose, vigilant. Il offre ce poisson luisant à l'appréciation du père, qui n'est pas du tableau, mais qu'on y devine mieux que si son ombre s'était étendue sur la barque. Un père qui ne se montre jamais, quoique toujours présent. Ce garçon est bien sûr un enfant du divorce, en un temps où la chose était hors du commun et vous jetait en marge : ni bourgeois, ni du peuple — un être de néant. La peau est si délicate qu'elle en est diaphane. Au moment du triomphe, levant haut son poisson, il doit, en sismographe, enregistrer le moindre mouvement alentour, s'il veut pouvoir se soustraire, se protéger, survivre. La netteté de l'image est sans doute un effet de sa sensibilité. On aurait dû ne voir qu'un blanc vide de sens. Mais, de ce regard tendu, l'enfant retient à sa place chaque vague, chaque branche. Ce sont ses yeux qui montrent la présence du père dans l'image. Grâce à vous, je puis le voir.

Je m'efforce d'édifier de tels observatoires, de déterminer des lieux où un paysage d'ensemble s'offre à moi. Je devrais de la sorte pouvoir m'orienter, découvrir un chemin vers... Il faut lui trouver un nom, mais qui ne soit pourtant pas traîtreusement définitif. Serait-il étrange, selon vous, que nous l'appelions : L ? Cette lettre ne fait pas de doute ; je reviendrai là-dessus. Une simple lettre ne peut vous fermer trop de portes. Oui c'est un nom de baptême qui a ceci de gênant qu'il n'est pas très intime. Mais, d'un autre côté, il est souhaitable de vous tenir un peu à distance évidemment. Car vous allez avoir de toute façon à connaître des affaires privées de nature peut-être trop sensible.

Je cherche de tels instants d'illumination. Ils peuvent surgir partout, où l'on s'y attend le moins, il me semble, et jusque dans la vie d'un bureaucrate. Vous n'avez qu'à voir ce service : il est peut-être bien né d'un tel instant de grâce. Il n'y a nulle invraisemblance à ce que j'en sois le créateur. En ce cas, j'en suis sûr, la chose ne s'est pas faite sous l'effet de je ne sais quelle fringale de prestige, ou par une tentative de rassembler sous ma coupe davantage de pouvoirs. La force ni la grimace ne m'intéressent en elles-mêmes, mais en tant que moyens de satisfaire aux attentes que l'on a mises en moi. Non, le service que voici est bien le fruit d'une vision dont je n'ai point souvenir, mais que je puis imaginer aisément. Prenez un organisme — département, service, administration, que sais-je — venant à découvrir qu'il y en a un autre en aval. Il va falloir créer, afin de leur permettre de communiquer l'un et l'autre, une ou plusieurs divisions. Mais on s'attend aussi en haut lieu à ce que l'unité administrative en question travaille en relation avec d'autres et coordonne les actions. On devra donc établir, de ce côté aussi, de nouvelles instances de communication. Vous allez vous trouver, tout à fait désemparé, en présence d'un réseau soustrait à toute vue d'ensemble, qui a été conçu à fins communicatives, mais si complexe qu'il fait écran à tout signal et ne propage rien que son bourdonnement intérieur. C'est à cet instant-là que j'ai la révélation de l'organigramme à suivre pour que l'ensemble trouve quelques heures de cohérence : et les visages de s'enflammer, les fonctions et les relations de s'éclairer, une hiérarchie nouvelle d'apparaître, douée d'une netteté de vieille eau-forte, celle d'une gravure biblique sur laquelle, de biais, l'éclair divin rayonne d'un nuage crevé, illuminant les arbres et les prés.

D'où m'est venue cette image ? Je ne puis me souvenir d'aucune illustration de la Bible. Je suis victime d'un brouillage. On dirait qu'un instant une autre conscience est passée par le champ de la mienne.

Ce que je cherche est bien à l'image de la proie que tenait l'enfant tout à l'heure, c'est le lièvre improbable qui a sauté d'un bond hors des feuilles, des nuages, des sentiers fous de l'image qui en cachait le contour, et qui jette maintenant un éclat de lumière sur toute l'orée du bois : un instant lumineux, embrassant en son sein, entre passé et avenir, années, relations, mensonges, silences qui en disent long, un instant ayant pouvoir de l'emporter sur l'oubli, qui s'étend, à marches forcées, de toutes parts.

Oui, pas de meilleur recours que les photos, bien sûr. Par malheur, il ne m'en reste que très peu. Ces deux-là sont d'un album : même tache de colle, même déchirure rose-gris au verso. Les autres, qui auraient pu me rendre les clés du passé, ne sont plus, ou en je ne sais lequel de ces endroits nombreux qu'on appelle « chez soi ». Il se peut que celles que j'ai se soient trouvées dans une poche ou dans un portefeuille, une fois où j'ai levé le camp — elles sont assez froissées pour qu'on le pense.

Le plus étrange est qu'il n'y ait point là de photo d'*elle*... Il est inconcevable, quoi qu'il soit arrivé, que je ne me sois d'abord assuré de son image. Ou alors, en avais-je une — plusieurs, ce serait normal — et ai-je été volé ? Avoir oublié quelque part un objet de ce prix et emporté avec moi les photos que voilà — la chose n'est pas plausible. Mais qui aurait bien pu avoir intérêt à me prendre deux ou trois portraits d'une inconnue — eût-elle été très belle, d'aventure ? Une autre femme, bien sûr, emportée de jalousie, qui a fouillé mes papiers pendant que je dormais, l'une de ces figures sans nom, en l'un de ces domiciles introuvables. Une femme qui n'aurait pu, à proprement parler, être saisie d'amour après une rencontre de quelques heures, mais se serait agacée de ce que son époux de la nuit ait éprouvé une passion de durée inconvenante pour une autre ? La chose est fort possible. Elle est même vraisemblable.

Un peu de patience, je vous prie. Oui, vous cherchez l'oubli, et ce qui vous intéresse, c'est donc, en d'autres termes, le compartiment central de mon porte-documents. Mais laissez-moi vous dire que mes recherches publiques et mes travaux d'archéologie personnelle ne sont que les deux faces d'une même entreprise. Si ce sont les conclusions de l'enquête générale qui règlent mon dessein, mes travaux personnels alimentent les fouilles publiques, en retour.

La chercher — L —, c'est aussi, comme vous allez le voir, ce qui touche directement l'objet de votre visite. De fait, j'ai tendance à croire que ce qui nous est arrivé à tous deux est un signe du mal qui a frappé la société où nous vivons, et que je ne m'explique pas autrement. Un peu de patience, s'il vous plaît. Vous n'en saurez pas moins que moi en me quittant.

Comment je l'ai perdue? Il y a là un violent enchaînement de circonstances qui a laissé certaines traces, mais s'est, pour l'essentiel, estompé. J'ai la vague sensation de vivre d'une vie agitée, presque tumultueuse, mais sans pouvoir en dire plus. Je marche à tâtons, comme en un néant plein d'échos, en quête d'un rêve confus, impétueux, que je voudrais en vain me rappeler. Non — car je ne suis pour rien dans ce que j'ai dû vivre —, on dirait plutôt que j'erre dans un appartement inconnu, en partie vandalisé, dont on aurait tout juste mis à la porte des locataires tapageurs. Je traîne dans des pièces vides, tirant ici et là sur des bouts de tapisserie, je pousse un carreau brisé qui pend, taché de sang, je fouille du bout du pied d'incroyables ordures, qui sont là, collées au sol, un parquet bon marché, de bois noueux, et qui, éventré en un endroit, porte des traces de feu — oui, on a fait du feu au beau milieu de la pièce! Je reste là, comme si j'organisais une enquête, mais sans savoir du tout à quoi elle rime.

Vous dirigez, je vois, des regards furtifs vers le large pansement que je porte à la gorge. Oui, c'est un bon exemple de ce qu'ont d'indiscernable les circonstances tragiques de ma vie. La blessure est toute fraîche, de cette nuit sans doute, peut-être bien de ce matin. Le pansement trempé. Une balafre peu profonde, oui, mais bien mal placée, tout près de la carotide. Quand j'essaie de préciser en quel instant le coup m'a été porté, je vois l'espace se défaire et se mettre à tanguer comme par la vertu d'une violente migraine : bruits discordants qui ne parviennent pas à l'oreille, mouvements violents, mais que l'œil ne peut nullement discerner. En quelle délirante trame d'événements me suis-je trouvé ? La nature impénétrable du drame ressort assez d'un élément qui va en un tout autre sens — savoir, si vous permettez, cette sensation douloureuse, au niveau des testicules, qui laisse supposer que... Oui, à plusieurs reprises assez tard dans la nuit. Chose tout à fait contraire aux scènes de pugilat évoquées tout à l'heure. Il me faut tout de même tenter de concilier ces indices. Point d'autre recours, ici, que la mémoire des sens. Et elle peut parler clair — mais ne dit pas grand-chose des circonstances précises : où, qui, pour quelle raison, et sous quel éclairage ? Qu'on me veuille du mal, voilà qui est bien possible. Je me meus apparemment en toutes sortes de milieux, où je pénètre en intrus, mais prends la première place ; je déloge ou suis délogé. Il doit y avoir dans l'oubli une forte agressivité. En outre, je fais l'objet de menaces, il faut croire. Le bout de tuyau que voici, dans mon porte-documents, porterait à le penser. Je n'ai rien d'un casseur. Je dois l'y avoir mis dans une situation où, me voyant en danger, il me fallait être capable de me défendre. Et voilà que maintenant, en dépit de son poids, je n'ose me défaire de ce gourdin d'occasion. Je ne puis rien espérer, si ce n'est que celui ou ceux qui m'en voulaient, de leur côté aussi, aient oublié l'affaire. A moins que mon nom ne figure sur un papier qui se souvienne.

Je ne puis distinguer, en ce climat de menaces, de violence sournoise, en ce tapage contenu, les éléments qui me concernent. Ils se fondent aux signaux, aussi vite abolis, d'un poste de télévision bien sûr resté allumé pendant toute la soirée : muets hurlements de pneus et de sirènes, sang pâli, vagues complots. Il n'y a pas de frontière, dans ce qui est perdu, entre ce qui vous a touché vous ou moi, et ce qui a papillonné, factice, sur les écrans de toutes les salles de séjour, occupant quelques heures l'existence de tout le monde.

Mais cette confusion-là est banale. Plus grave le fait que je ne puisse voir ce qui distingue ma vie de celle que d'autres vivent pour partie en moi-même. La façon que nous avons de prendre en autrui au plus court, ou de nous installer l'un en l'autre à demeure, occasionnellement ou pour un plus long temps, me rend très difficile de discerner ce qui est, précisément, *mon* destin.

De même, j'ai le sentiment de vivre dans le domaine social et politique une ère de ruptures : bouleversements brutaux, scandales, coups en bourse, assassinats de personnalités de premier plan. De vivre sous une menace qui touche toutes les nations — en un tumulte qui retombe en quelques heures dans l'oubli. Je ne suis pas en mesure d'illustrer ce que je ressens. Il n'y a là rien d'autre qu'une obscure sensation de bruit et de fureur, qui, en se dissipant, vous laisse l'impression de vous survivre à vous-même. Avec l'idée d'un péril qui pèserait sur le monde — même s'il ne s'agit là que d'une projection des craintes que je conjure par ce bâton de fortune. Je voudrais bien savoir s'il n'est question ici que d'une façon, sans doute assez commune chez nous, de grossir ce que la réalité a de trivial, de vivre sur les nerfs, en un éternel jour de plomb lourd de violents orages, sous un vent de dépression fleurant des crimes qui, sans se perpétrer, nourrissent un sentiment de culpabilité lancinant. Ou si un drame nous a visités pour de bon : un cortège de guerres dont les blessures se sont vite refermées en nos têtes, des émeutes qui n'ont fait l'objet d'aucun rapport, des affaires de corruption qui ont été étouffées, de prête-noms impliqués dans d'énormes scandales, oubliés, comme le reste, par leurs instigateurs même. Une suite d'éclats et de hasards furieux, dont les acteurs ont été touchés par la passion quelques heures, avant d'être rejetés, vidés, désorientés, en un indéchiffrable tohu-bohu de chocs et de voix survoltées. Je ne sais. Je ne suis même pas en état de me rappeler la couleur du gouvernement qui est en place. Non que la chose puisse changer quoi que ce soit au problème. Mais mon loyalisme devrait tout de même posséder contenu plus précis.

Je n'ai pour vade-mecum que deux ou trois souvenirs dans ce porte-documents, quelques coupures de journaux à demi illisibles, une poignée de notes qui paraissent concerner certains troubles affectant, de façon critique mais diffuse, la société où nous vivons — de ces choses qui soulèvent des holà le matin, justifient la mise en place d'une commission d'enquête à l'heure où l'on diffuse le journal télévisé, et sont oubliées le lendemain. L'essentiel, pour le coupable — financier, membre d'un conseil municipal ou ministre —, est de tenir le coup quelques heures ; il aura ensuite la paix, même du côté de sa conscience.

Mais on dirait que rien ne touche à l'oubli là-dedans. En l'absence d'autres indices, je crois pouvoir vous dire que c'est un sujet tabou.

J'ai bien sûr cherché ce que l'informatique pouvait m'aider à connaître de mes conditions d'existence. Mais chaque tentative de ce genre ne fait qu'ajouter à la confusion, voyez-vous. L'anarchie est à demeure de ce côté-là aussi. Sur l'un des listings à mon nom — le voici —, *il se peut* qu'une chose ou l'autre me concerne, on ne sait quoi, mais l'essentiel se rapporte à des gens qui me sont parfaitement étrangers, se sont glissés là-dedans et mobilisent l'attention. On peut y lire que j'ai une licence en droit, ce qui n'est pas impossible, mais aussi que je possède un C.A.P. de boucherie, et que j'ai exercé, ces six dernières années, comme directeur de crèche : un listing de bric et de broc, où diverses instances semblent se disputer la créature affolée qui porte mon numéro de Sécurité sociale. Il est expressément affirmé quelque part que je purge actuellement, sans autre précision, une peine de prison ; la chose aurait à voir avec le détournement d'un héritage important — mais allez donc savoir comment de tels transferts sont possibles. Une foule de créanciers se presse sur le papier. Ils demandent ma tête, et, en second lieu, que j'amortisse les dettes contradictoires qui m'accablent, tantôt pour une villa à Stocksund, tantôt une maisonnette à Enskede, ou alors un bateau de pêche inclus dans le matériel agricole — et ce, tandis que les services de l'état civil certifient que je suis domicilié aussi bien dans le centre-ville que dans le quartier de Söder ou celui de Västerled. Le passage le plus échevelé du tout est celui où l'ensemble de mes femmes et concubines — une trentaine, on dirait — se crêpe le chignon, et couvre de ses cris la longue litanie des pensions que je dois à une nuée d'enfants, pour un montant global plusieurs fois égal à celui du salaire ci-dessus mentionné, ou plus exactement, au total des salaires mis à mon nom au titre de mes diverses professions. La liste des factures ayant donné lieu à rappel est impressionnante elle aussi, et remonte si loin dans le temps qu'elle ne devrait toucher aucun des nombreux emprunts contractés. Je note aussi que je suis officier de réserve tout en ayant été réformé, et ce, pour affaissement de la voûte plantaire et autres craquements de genou. Comme si l'idée que nous sommes partie les uns des autres, parlons et pensons en autrui, vivons la vie d'autrui sans nous souvenir de lui — comme si cette idée-là avait en quelque sorte été mise en système par les ordinateurs. Mais, sur ce document incommode, rien sur mon désespoir, la quête, le questionnement, le bricolage indécis qui sont devenus toute ma vie.

L'indice le moins douteux de notre existence commune, à L et moi, le voici : une facture, pour deux lits, en date du 23 mai 1972. Oui, la chose est peu lisible, mais je viens de déchiffrer là un 7 et un 2 ; je n'ose jurer du reste. Mais je puis en cette occasion apaiser vos impatiences : rien ne nous en dira plus que ce document-là sur les changements qui doivent, assez dernièrement, avoir affecté notre monde. Il signifie, en ce qui me touche, qu'une vie nouvelle a commencé ce printemps-là – à supposer, bien sûr, que je sois le destinataire de la facture. Il y a une déchirure, le papier est décoloré à cet endroit ; mais le nom commence par un K, suivi d'un E, on dirait. Kervell est après tout une lecture de bon sens, même si d'autres ont envie de se mêler de mes affaires.

Cette facture nous parle, en termes prosaïques, de deux matelas Dux. Mais elle n'a rien à dire du vol plané de deux corps, soulevés sur les draps de la hauteur d'une main, l'un à l'autre mêlés, membres tâtonnants l'un de l'autre. Je le sais, moi, en vertu du chagrin que je ressens.

Un acte défraîchi, qui semble avoir traîné dans une poche de pantalon, est donc la meilleure preuve que j'ai de Son existence. Nous sommes entrés, peu avant qu'il ne soit établi, dans la vie l'un de l'autre – pour ne plus nous séparer tout à fait. Ce que je vois de ma main droite comporte, à fleur de peau, de vifs souvenirs de Sa peau – que la parole ne peut noter. Elle est là, dans mon œil, dans ma façon de voir. Elle s'attarde en mon oreille – attente d'une voix connue en tout ce que j'écoute. Mais le point d'ancrage est là, en ce papier qui parle de notre vie commune à ses débuts.

D'un autre point de vue aussi, ce document de peu témoigne de l'insensible changement qui a touché nos conditions de vie. En 1972, on pouvait encore adresser une facture au client, s'attendre à ce qu'elle arrive, et que le paiement intervienne avant que toute trace de l'opération ne disparaisse. Il plane cependant une incertitude sur ce point. L'ordre de paiement sous 30 jours, dont la formule imprimée se trouve au bas de la feuille, a été corrigé, à l'encre, par un 10. On croyait en ce temps-là disposer encore de tel délai. Aujourd'hui, plus personne n'oserait vous faire de facture, en exprimant le vœu qu'elle soit honorée. Bien sûr, le marché est mieux achalandé, mais il n'y a plus rien entre vendeur et client. Nul ne saurait revenir pour une réclamation, eût-il en main un reçu sur lequel figurerait l'adresse du magasin. Car, derrière le comptoir, on ne trouverait, bien sûr, rien d'autre qu'un inconnu, disant ne rien savoir de l'article incriminé. Mais le document en question renvoie à une époque où l'on pouvait encore investir, pour des années, en une paire de lits jumeaux — le prix est là pour le prouver — avec l'idée qu'on les retrouverait soir sur soir. Sans doute se trouvent-ils, aujourd'hui encore, quelque part, à l'une de ces nombreuses adresses qu'on appelle un « chez soi » — cette fois à juste titre. J'ai bien évidemment tenté de retrouver qui me les a vendus, avec l'espoir d'en apprendre le lieu de livraison. Mais en travers de l'adresse — sur Regeringsgatan, à un numéro qui, une fois, doit avoir été lisible — on peut lire de ma main : « Rien de tel à cet endroit. »

Que s'est-il donc passé, entre les années idylliques où a été établie cette facture et ce présent qui s'estompe ? Il faut que l'amnésie nous ait touchés à peu près comme un changement soudain, mais non inattendu, de l'angle de rotation de la terre : opulentes forêts, florissantes campagnes réduites à néant, en un désert distrait. Se peut-il qu'il y ait là, quelque part, de notre faute ? Il est de mon devoir, en ce cas, puisque je conduis les recherches, de faire la preuve des charges qui pèsent sur le coupable.

A la confusion qui entoure le départ matinal contribue bien sûr le fait qu'il vous faut constamment rester agrippé à l'essentiel : le porte-documents. On est perdu si on l'oublie. Je me suis au moins tiré d'affaire de ce côté. Evidemment, je ne puis écarter l'hypothèse qu'un jour, en possession d'archives plus importantes, je les aie égarées, et me sois vu obligé de repartir de zéro avec un porte-documents flambant neuf, muni seulement de ce qui me traînait dans les poches, était caché par le sous-main, ou enfoui dans la paperasse d'un tiroir, en je ne sais lequel de ces bureaux. C'est ce qui expliquerait que j'aie si peu de choses dans le compartiment des affaires personnelles. Les deux photos que voici, par exemple. A la tache de colle et à la déchirure qu'elles présentent au verso, on dirait qu'elles ont été arrachées d'un album. Il est possible qu'elles n'aient dû leur salut qu'au fait de s'être trouvées dans une poche, froissées comme elles le sont, tandis que l'album restait, avec le porte-documents, dans l'un de ces « domiciles » que je ne retrouve jamais.

Mais d'un autre côté la chose ne s'accorde guère

avec mes travaux de recherche. Je ne puis tout de même pas avoir un beau matin égaré le dossier, avec directives et tout, puis m'être remis à la tâche. Ce serait supposer que ce qu'il y a maintenant dans mon porte-documents concerne une autre affaire, sous de nouvelles directives — et que personne ne s'est jamais enquis des recherches que j'aurais laissées en plan ; ou du moins que personne n'a pu se rappeler qui en était chargé. Et le porte-documents est si vieux, si râpé, il en reste à force d'usure si peu de chose, qu'on devrait être en mesure d'écarter cette hypothèse. Alors, pourquoi ces dossiers semblent-ils si fort n'être que les vestiges d'un ensemble aboli ? C'est le miroir aux alouettes. Comme si chaque fois que l'on voulait formuler une réponse en apparaissaient plusieurs autres, vous entraînant à leur tour sur des voies opposées.

Ce qui assure désormais la protection de mes dossiers, c'est en tout cas le réflexe que j'ai de toujours poser mon porte-documents contre la porte d'entrée, de façon qu'on s'y empêtre si l'on venait à s'oublier. De fait, pendant que je vous parle, me visite par intervalles le désir de me lever et d'aller le mettre de biais contre le chambranle de la porte, afin de l'obstruer en partie. C'est, ou c'est devenu, un geste obligé pour moi. Quant à ce bout de papier, que retient, à l'intérieur, un trombone de gros calibre, il appartient au dispositif de sécurité adopté. LA CHEMISE, porte-t-il en grand. Il en dépasse, voyez-vous, et bien en évidence, quand le porte-documents est en position près de la porte, de façon à me faire penser à la chemise qui sèche dans ma salle de bains d'occasion. Voici la chemise de rechange, là, dans le compartiment principal, avec un nécessaire de toilette, quelques slips, quelques paires de chaussettes. Elle n'est pas tout à fait sèche, on dirait. Peut-être la nuit passée a-t-elle été courte, ou l'humidité de l'air était-elle élevée. Entre ce que j'ai sur moi et ce qui se trouve là, dans le porte-documents — c'est toute ma garde-robe, évidemment. Le reste doit être à l'une de ces adresses oubliées. Quand ce complet sera usé, j'en achèterai un autre, voilà tout. On verse tout de même de l'argent sur mon compte, même si les sommes et le rapport qu'elles ont avec moi demeurent assez incertains.

Si je suis un jour invité à une réception dont le chic interdirait qu'on y aille dans ses vêtements de tous les jours, il me faudra dire non. Bien sûr, je pourrais m'offrir un complet gris foncé et une chemise blanche — pour les chaussures, tant pis —, mais le fait de me changer implique un trop grand risque de me retrouver le lundi sans vêtement de travail. Et puis j'ai du mal à croire qu'aujourd'hui encore quelqu'un aille se mettre en tête d'offrir un dîner qui sortirait de l'ordinaire. Comment pourrait-on espérer s'en tenir soi-même, peut-être des semaines durant, à semblable entreprise — et, par-dessus le marché, compter que les invités s'en rappellent ? Qui se souvient d'ailleurs que j'existe ?

Mais le plus inconfortable, en cette vie itinérante, c'est le pardessus, tout de même. Il est là, comme vous voyez, sur le bord du canapé — trop lourd pour qu'on l'accroche par la bride, voilà tout. Les poches en sont si pleines de toutes sortes de clés que je me déplace à grand mal. Tenez ! Je puis en déverser des tas sur les coussins : Assa, Yale, Silca, Teka — autant de marques que vous voudrez. Je n'ose en jeter aucune, c'est tout simple. L'une d'entre elles est la bonne. Ou a été la bonne. Et en même temps aucune ne m'est d'aucun secours, le soir, quand je rentre « chez moi ». Il me faut sonner, dans ce cas-là. Ce que je ne puis comprendre, c'est de quelle façon mes épouses de rencontre rentrent elles-mêmes chez elles. Elles aussi doivent bien partir au travail chaque matin, apparemment sans espoir de retrouver, le soir venu, le chemin de la maison. Comment peuvent-elles donc ne serait-ce que sortir faire des courses ? On traîne une heure ou deux — et on est perdu, n'est-ce pas. Oui, elles ont évidemment d'autres motifs que moi de revenir sur leurs traces, et peuvent mettre une étiquette sur leur clé. Bien sûr, mais quel risque ! Qu'on perde seulement la clé et l'étiquette — et l'on est sans logis.

Je ne puis me défaire d'un sentiment obscur. Qu'il émane une menace de ces absurdes trousseaux de clés. L'une en sait plus que moi sur moi-même.

On se demande seulement comment on peut bien retrouver son lieu de travail, chaque matin, quand on ne sait ajouter à la notion de « domicile » d'adresse déterminée. Je devrais en bonne logique errer à l'aventure de bureaux en services, ou alors, pourquoi pas, tomber près d'un comptoir ou d'un tour à métaux ? La droite que voici est on ne peut plus commune : extrémité d'un pouce, index quasi complet, ongle d'un petit doigt qui va et vient librement, et puis le dos de la main. Quelques taches de rousseur et autres poils follets font même partie du tableau. C'est une main ordinaire à vous faire enrager, sans signe particulier, mais qui n'étonnerait pas, quoique assez soignée, à l'entrepôt, à la caisse, ou dans un atelier.

Oui, mais il y a cette lettre — ne vous l'ai-je pas dit ? — attestant de ma compétence en administration. Le directeur général ou le ministre, peut-être — le nom m'échappe, mais la signature est en « gren », suivie d'une virile déjection sur le papier —, m'y enjoint de créer ce qui ressemble fort à une Division. Je traverse en d'autres termes une phase très éprouvante dans une carrière de bureaucrate : sous l'effet conjugué de recherches qui traînent et d'une tâche constructive, pressante, et évidemment compliquée par le fait que j'ignore la nature des activités concernées.

Vous allez m'objecter que j'ai tout de même pu me tromper de ministère — à moins que ce ne soit dans un département que je me trouve. Je pourrais en avoir pris l'adresse au petit bonheur, comme je le fais de ma destination, le soir venu. Tout ce que je puis vous répondre, c'est que mes pas me conduisent. Il y a en mes membres, en mes sens une mémoire à laquelle n'ont accès ma pensée ni mon verbe. Le corps a sa mémoire. Certes, il peut s'égarer, confondre souvenirs proches et habitude ancrée, et me ramener sur les lieux d'un emploi que j'ai quitté. Mais peu importe, tout compte fait. Peut-être vais-je ainsi, vaguant à l'aventure, d'une instance à une autre, comme entre mes divers « domiciles ». Mais j'apporte, où que j'aille, mes dons d'ordonnateur — la chose est en vous, n'est-ce pas, comme savoir nager : à peine dans l'eau, et hop ! Et je n'ai aucun mal à connaître des dossiers qui traînent sur un bureau en principe étranger. Oui, il est bien possible que j'aie reçu mission de créer un service en un tout autre lieu. Oui, c'est peut-être bien pourquoi je ne puis dire quelles sont les attributions de cette unité-ci — c'est ce que je disais, n'est-ce pas ?

Je suis par contre en état de me mettre directement au fait des activités de ce milieu dont je n'ai peut-être pas tâté. Tenez, l'ébauche de ce rapport, qui traînait par là sur le bureau. Je ne me souviens de rien, mais je puis m'informer, et donner à la chose une suite adéquate. J'ai, en ce qui me concerne, une compétence générale, et je puis, si l'on peut dire, m'appuyer sur les souvenirs que ce bureau a de la veille.

Le problème soulevé est, à tous les égards, d'une importance vitale. Et je me range tout à fait à l'avis de qui a tapé un premier A4 à ce sujet, — avec force ratures et approximations, à ce moment-là. C'est que la nécessité, toujours renouvelée apparemment, de faire des économies nous dépouillant peu à peu de toute forme d'existence, il nous faut prendre fait et cause pour la bureaucratie. C'est elle, l'état-major — dépositaire d'un savoir qui doit pouvoir hiberner en l'attente de jours meilleurs. Qu'on en vienne, là aussi, à des compressions de personnel, et ce sont des pans entiers de notre vie quotidienne qui échapperont demain à toute rationalité, à toute logique. Le préjudice causé sera irréparable, ou du moins fort coûteux, et difficile à effacer en notre ère. Voilà ce que les media semblent avoir le plus grand mal du monde à comprendre. On croit, dans ce milieu-là, qu'il est possible de sauver la machinerie tout en abolissant les fonctions de direction. On serait comme devant un coq, courant de-ci de-là quelques secondes durant, le cou tranché, avant qu'il ne trébuche et tombe mort.

La tâche que j'ai de créer un nouveau service ne peut être que particulièrement ardue, en cette époque de restrictions. Je suis en même temps certain que c'est une unité de ce genre-là — avec de toute évidence quelques fonctions de contrôle — qu'il nous faut pour faire face à cette situation d'exception. Je veillerai jalousement sur les ressources que demande impérativement l'entreprise, et, bien sûr, quant à moi, n'épargnerai nul effort pour que l'examen critique, et peut-être autocritique, qu'appelle cette tâche, se fasse dès à présent. Je crois que ce projet est d'une importance vitale en ce qui touche aux moyens que nous avons de retrouver une prise sur les choses.

Mais ces promiscuités recèlent plus d'un mystère. Je suis le seul, semble-t-il, à rentrer le soir « chez lui », auprès de cette femme et de ces enfants-là... Ou de cette femme seule, les enfants demeurant un peu hors du tableau (ne sont pas encore nés, en voyage de classe, ou allez savoir quoi), et moi toujours à la recherche d'une femme donnée, au-delà. Comment se fait-il qu'un autre, ou d'autres, d'aventure, ne tombent pas à la même adresse ? Il n'y a rien que moi. Ou alors, je me trompe ? Y a-t-il quelqu'un près de moi, en ce jour qui papillonne, quelqu'un dont je prends la place, à table ou au lit, sans en garder souvenir, ou alors qui prend ma place, sans que j'en aie rien d'autre qu'un vague sentiment de frustration ? Le souffle haletant d'un autre se mêle-t-il au mien dans la chambre à coucher, d'un voyeur qui s'excite, d'un intrus plein de fiel ? En termes statistiques, il devrait en être ainsi. Et d'une certaine manière je reconnais en vous le disant ces possibles réactions.

J'ai la vague impression que cette vie a pris le tour d'un drame sans noblesse, d'un désespoir de farce.

Comme si les espaces infinis s'étaient effondrés sur nous, nous laissant aplatis, à deux dimensions, en tristes morpions, traçant à l'aventure à la surface du globe de burlesques images. En une misère où l'on peut, certes, concevoir le sublime, mais seulement à partir de sa caricature.

Il devrait être possible, à partir de cette impression, de remonter le cours apparemment dramatique de la nuit écoulée, voire de rendre compte d'un détail aussi simple et peu douteux que ce pansement sur ma joue, tout près de la pommette droite. Je sens bien que votre regard ne cesse d'y revenir. Comme je vous le disais, la blessure est toute fraîche, et date probablement de cette nuit. Rien ne s'opposerait à ce que cette plaie atteste d'une altercation avec mon épouse de rencontre. Je suis peu coutumier des voies de fait, il faut croire, mais je puis avoir subi une agression de la part de cette créature inconnue, qui n'aurait été amadouée que quelques heures. Seulement voilà, la chose ne s'accorde ni au fait que ma chair porte témoignage d'effusions répétées, ni à ce que l'on sait du comportement probable chez d'autres figurants. Il est plus vraisemblable que le partenaire exclu ou les personnes en question se sont jetés sur moi lors du renouvellement des marques d'affection, en me lançant dans un hurlement de déplaisir un « Voilà qui suffit ». Il y a eu une empoignade, on s'est volé dans les plumes sous l'effet d'un bon coup, d'une prise bien placée, on a rampé dans la chambre et dans la salle de bains, se cognant à coups d'embauchoir et de portemanteau, renversé la balance, arraché au mur un lavabo, regagné en se traînant le lit qui doit maintenant être taché de sang

— puis fait une sortie hâtive, peut-être avec ses vêtements et le porte-documents serrés sur la poitrine. C'est alors, dans l'éclairage incertain de l'ascenseur, que j'y ai, d'une main tremblante, dans la poche extérieure, cherché un sparadrap pour arrêter le sang qui me coulait de la pommette, éraflée au parquet quand une prise de judo m'a jeté hors des draps. Une sinistre farce, qui ne tirerait de personne ne serait-ce qu'un sourire. Il n'y a qu'une chose qui ne va pas — l'élancement que vous savez, dans les boules, qui indique que je n'ai *nullement* été arrêté dans le renouvellement de mes élans. Et puis que la chemise soit dans le porte-documents, voilà aussi un indice d'une retraite qui s'est déroulée dans les formes. Elle me semble même pliée avec une affectueuse minutie. La querelle et l'amour me tiennent l'une et l'autre des discours contraires, mais tous deux justifiés, et qui semblent couler de source.

Admettons que mon travail s'inscrive de la sorte en ces promiscuités, sans loyalisme aucun envers l'institution — ou je ne sais trop quoi que je servais la veille. Ce sentiment qui me glace et m'enflamme à la fois, le sentiment que vous êtes en compagnie d'un autre, oui, et même de plusieurs, haletants, qui se tordent, tandis que vous besognez votre épouse d'occasion, ou que vous lui tombez dessus, courbée sur le lavabo — ce sentiment devrait sous une forme ou une autre réapparaître aussi sur mon lieu de travail. Je devrais éprouver une vague sensation de triomphe à l'idée d'en avoir fait rouler un de mon fauteuil, et d'être plus fort que l'autre, arrivé un peu plus tard, qui devra repartir en quête d'un autre bureau, dans un autre bâtiment peut-être. Et de fait je goûte ce triomphe. Je ne sais si, dans l'heure qui vient de s'écouler, j'ai désarçonné quelqu'un, mais la chose est fort possible. Est-ce que ne traîne pas ici comme un parfum d'ozone, suite aux muets jurements d'un chef de cabinet ou d'un directeur de service en train de ramper sur trois pattes en cherchant ses lunettes, tandis que le quatrième de ses membres tend tout ensemble à agripper son porte-documents et à conforter l'épaule contusionnée au moment où il est tombé de son siège ? C'est tout à fait possible. Mais c'est mon épaule qui me fait mal.

J'ai en tout état de cause hissé, sur les terres conquises, un drapeau : le sous-main est barré, sur toute sa largeur, par le nom d'Erik Kervell, griffonnage suivi de la mention : Titre ? C'est tout de même le diable qu'en proie à je ne sais quelle ferveur démocratique on ne précise pas le grade hiérarchique sur la porte. Me voici donc obligé d'induire ma position en usant d'autres moyens. Les proportions de cette pièce sont l'indice d'une fonction de responsabilité. Mais son volume, sa place et son ameublement excluent en même temps que je sois secrétaire d'Etat ou directeur général. A moins que, dans le même esprit de plébéienne bassesse, je n'aie cédé quelques modules à une salle commune, un secrétariat, que sais-je. Non, il y aurait ici plus d'allées et venues, si j'avais de telles fonctions.

Je n'ai pour bureau qu'un pur tissu de contradictions. On ne peut en avoir depuis de longues années renouvelé le sous-main. L'agenda, vieux de deux ans, ne présente que de rares inscriptions, éparses. Et soulève-t-on la boîte d'agrafes qu'on découvre au-dessous un éloquent carré noir. Mais, comme vous voyez, la table croule en même temps sous des piles de dossiers, et je suis sur les nerfs comme si, dans mon fauteuil, j'avais pris les jambes à mon cou. Les deux documents que voici remontent l'un et l'autre à une date toute récente. Sans doute, y a-t-il là-dessous une paperasse plus ancienne, des lettres laissées sans réponse, etc., mais cette table porte tout de même le sceau de l'actualité — et du rendement. Je sens, personnellement, que les choses bougent autour de moi. En plein désespoir je suis plein d'énergie, ou plutôt d'une exigence d'énergie, à laquelle ne s'accordent guère ces rideaux que personne n'a touchés, semble-t-il, depuis bien des années, ce ficus desséché, cet entassement de dossiers jetés à la sauvette, et un peu dépenaillés, sur l'étagère. C'est pour moi un mystère que ce bureau. Le rendement ne va guère au sommeil de Cendrillon. Tous les éléments sont là d'une activité de conséquence. Mais il me faut vérifier si un courrier ou un autre quitte vraiment ces lieux.

Veuillez du reste excuser cet amoncellement de papiers, là, devant l'étagère. J'allais y prendre un dossier quand vous êtes entré, et les pièces en ont volé sur le sol. Oui, je n'ai pas eu le temps de les y ramasser. Il ne semble pas non plus que j'aie une secrétaire susceptible de m'aider en ces trivialités. Des feuillets qu'on serre en hâte, sans les distribuer en fonction de l'index, ni même les accrocher — allez hop! dans le classeur, un élastique autour. Ce sont là signes d'une hâte, d'un désarroi, et d'un perpétuel mouvement, par lequel on voudrait se dérober à l'incessante irruption de pièces nouvelles. Je ne sais jusqu'à quel point l'aspect de ce bureau dépend de moi. Il y a là un mélange de netteté et de désordre, une tension entre maniérisme et chaos — que je reconnais, mais sans être le seul à l'affirmer. Ni à prononcer ce que toutes choses murmurent ici à bout de souffle : pas le temps, pas le temps... Ce désordre qui s'accroît paraît être un symbole de l'entropie qui, un jour, nous engloutira tous. Ces velléités d'ordre, ces tentatives pathétiques pour tout mettre au carré, en dossiers bien rangés, ne sont que les éléments d'un baroud sans espoir du côté du chaos.

Je ne sais donc si je suis à l'origine de ce désordre légèrement organisé, mais il se peut fort bien. Mon vêtement présente les mêmes signes de contention. Je note que, par intervalles, je glisse la main sur mon col et me tâte la cravate, pour m'assurer que le nœud de celle-ci n'est pas passé sur l'une des pointes de celui-là ; que je me touche les cheveux, pour vérifier que les mèches ne s'en hérissent pas. Il faut toujours que j'essaie de me rappeler que je dois jeter un coup d'œil au miroir au moment de sortir. Et puis j'oublie, bien sûr. On livre une lutte sans répit pour ne pas se décomposer.

Je vous parle de vagues « chez soi » et de certain lieu de travail qui, d'un jour à l'autre, change peut-être — mais ce que je ne cesse d'avoir présent à la pensée, ce à quoi je vous prie de m'aider à penser, c'est son visage à elle, ce sont ses mouvements, le débit hâtif de sa parole. Je l'entends distinctement, comme autant de clairs silences dans le brouhaha ambiant. Je reconnaîtrais d'un coup son pas dans le couloir. Il ne ressemble à nul autre. Et l'énervement charnel qui court dans mes propos a aussi certain sens, tend vers certaine peau, certaine chair qui...

non, ce n'est pas votre affaire ! Et puis ce rire sourd, un peu humide, qui dit : c'est juste ce que j'attends. Je crois par conséquent, du fond de tous les fantasmes et de toute promiscuité, n'être l'homme que d'une femme. Je ne cesse, de tous mes sens, d'accompagner celle que j'ai quelque part perdue en ce jour qui papillonne. C'est elle, et elle seule, que je cherche à cette adresse couleur caméléon. Je crois même que je pourrais en produire le portrait, non telle qu'en ma mémoire, mais à partir de l'abstinence qu'elle m'inflige. Seulement je dois garder pour moi ce signalement. Si j'essaie d'évoquer sa voix, le tohu-bohu me répond, de discerner ses traits : je vois paraître une foule. Je n'y comprends rien. On dirait qu'à chercher le souvenir on le teinte d'incertitude. Je n'ose en tout état de cause hasarder aucun nom. La lettre L est certaine, ouvre un champ de recherches, mais je ne dois tenter de deviner quoi que ce soit.

Et pourtant je pourrais sans mal vous dire l'éclat ambré de cette peau, la forme délicate des seins, près de mon visage, vus d'en bas. Et je sais exactement comme tombent ces cheveux, qui pendent en caressant le bout de joue qui me reste. Mais je n'oserais jurer de leur couleur, pas même les dire bruns ou blonds. Ce serait me targuer d'une vaine précision et perdre du même coup le contact. Pourtant je revois ce nombril, et la peau tendue, brillant d'un éclat mat tout autour. Et je sens l'espace qui vacille, à mon soudain vertige.

Je sais ce que vous croyez. Je ne ferais, sous les traits d'une femme rêvée, que projeter mes désirs. Mais ce n'est pas exact, je le sens bien. Son absence m'est sensible en termes trop précis. Sur bon nombre de points, je me suis adapté à ses traits particuliers. Ainsi, j'ai cessé de fumer — j'en ai encore très envie, mais je me suis arrêté —, selon toute apparence parce que l'odeur du tabac lui déplaît. Et je m'arrête net, chaque fois que je commence à pianoter sur la table — elle doit s'en être irritée. Je l'entends même me dire : « Je t'en prie, arrête-toi, chéri. » Mais d'une voix au timbre incertain. En tout état de cause, on ne s'adapte pas de cette façon-là à un pur et simple fantasme. Celle que je n'ose nommer est là, quelque part, dans l'oubli. Et je l'y retrouverai.

Je note que j'ai prononcé le mot « oubli » une fois de plus. Il se peut que j'aie recours à ce vocable quand je cherche à déprécier le phénomène. Le terme comporte aussi une nuance de frivolité, comme s'il désignait quelque chose dont je viens juste de perdre conscience moi-même, mais qu'on retrouverait aisément, pour peu qu'on offre à la mémoire un point d'appui, ou par une association d'idées ramenant d'elle-même le souvenir occasionnellement oublié. Ce que la chose présente de beaucoup plus fatal, d'irréversible peut-être, se trouve de la sorte parfaitement occulté. Le mot « amnésie » au contraire est assez indéterminé pour envelopper tout cela. Et il a un petit air savant qui lui confère un léger caractère de diagnostic. Je ne puis non plus m'empêcher d'aller à partir de là à la toute prochaine « amnistie ». Le vrai nom de l'oubli, loin de souligner seulement le caractère irréparable de la perte, nous absout aussi par un pur jeu de sonorités d'une bonne partie de ce que nous avons sans doute bien fait d'oublier.

Quant au passé récent l'agenda de poche en est le

gardien attitré, le petit carnet noir qui porte en lettres d'or le mot : Executive. Je ne puis naturellement me fier aux indications que porte le calendrier de bureau : qui sait à quelle table je me trouverai demain ? Mais c'est que le petit noir ne porte d'annotations que sur la dernière quinzaine, depuis le 24 novembre. La semaine en cours devrait présenter trace d'au moins une ou deux réunions, et je ne vois là que le signe d'un rendez-vous mercredi. J'ai omis de noter où ; le lieu ne faisait pour moi probablement aucun doute au moment où j'en ai porté l'indication, mais ce n'est plus le cas. Quant au fait que l'agenda ne m'ait servi qu'en novembre, il ne s'explique que trop. J'ai commis le péché mortel par excellence : tirer le calepin du porte-documents, et m'en séparer en quelqu'une de mes adresses d'occasion. Et il m'a bien fallu repartir sur de nouvelles bases, muni d'un agenda vierge. Il a bien dû y avoir dans l'autre toutes sortes de notes concernant mes obligations de cette semaine, d'une semaine qui, une fois de plus, est en train de tourner en une humiliante suite d'omissions.

Mais en ce qui touche à la mémoire fondamentale, à celle que je ne cesse de vouloir reconstituer, avec l'espoir que j'y trouverai un chemin vers L — oui, ce sont mes recherches, bien sûr, l'affaire de ma vie, qui ne cesse de changer de forme et de climat, au gré fuyant de Ses traits. Sans doute aurez-vous noté que j'ai peine à préciser l'objet exact de ces recherches. Oui, l'ensemble a sûrement rapport à l'amnésie. Sur le dossier contenant les instructions à suivre, j'ai griffonné le mot « histoire » entre guillemets, par allusion, bien sûr, aux directives du ministre. Ce terme presque désuet touche de façon décisive l'objet de mes recherches, mais sans en éclairer plus nettement le champ.

Je vais m'efforcer de vous dire où j'en suis arrivé. Mais il me faut d'abord vous parler en quelques mots de l'étrange sentiment de culpabilité qui pèse sur ce rendez-vous, et du rapport certain, mais indéfinissable, qu'il entretient avec l'oubli. Il me faut tenter de savoir si c'est là une sensation pour ainsi dire en suspens qui se serait d'aventure associée à l'innommable, ou s'il y a entre ces termes un rapport véritable, d'une portée assez limitée en ce qui me touche. Peut-être l'inéluctable notion de châtiment qui s'attache à l'oubli allume-t-elle en vous, par l'effet d'une logique perverse mais contraignante, un sentiment de faute.

Car une chose est claire. Si j'avais, en toute raison, été amené à subir les suites d'une quelconque implication en cette catastrophe sans contours, ç'aurait été de L'avoir perdue de vue, elle... Nulle mutilation, nul isolement cellulaire ne m'aurait plus accablé.

L'explication la plus simple de cette mauvaise conscience diffuse et omniprésente ? C'est ce réseau de liaisons éphémères et qui, en principe, constituent une seule et même infidélité à l'égard de celle que je cherche. Mais quel espoir pourrais-je avoir d'arriver à elle, sinon par ces manœuvres d'approche renouvelées, cette éternelle recherche par essais et erreurs d'une adresse qui se dérobe ? Il ne fait point de doute que je cherche une issue — je n'emploie sans doute à rien d'autre le plus clair de mes jours. Mais il me faut aussi tenter l'expérience : car c'est en pleine ivresse, quand se défont et s'abandonnent les traits de la femme d'occasion, que je puis nourrir l'espoir de deviner les traits de celle dont le visage est au-delà de tous les autres. Bien sûr : une lampe est toujours allumée dans la chambre, et nous suivons l'un et l'autre, nous entrepénétrant, le mouvement des muscles sur le visage de l'autre — ensemble plus défaits, et plus désespérément éveillés. C'est un objet perdu que nous quêtons l'un et l'autre.

En un hurlement de sirène éclate cette pensée : L me cherche de même façon à travers d'autres hommes, en enlace un autre chaque soir, s'agrippe à lui, le regard fixé sur son visage, à la lueur de la lampe toujours allumée dans la chambre.

La chose me prend à la gorge. Mais l'ombre portée en est pire : elle ne me cherche pas, elle me fuit, s'en va par d'autres, plus loin, un homme après l'autre, poussant un cri qui ne rappelle en rien mon nom, mais dit le soulagement de savoir que je ne suis pas.

Le plus étrange, c'est que, tandis que s'aggrave l'amnésie, le langage paraisse intact — le langage, ce pur réseau de réminiscences, n'est-ce pas. Je devrais en bonne logique balbutier, entre des mots épars et quasi étrangers, faute de points de repère. Au lieu de quoi les voici en bel ordonnancement et disposés à servir, selon un protocole réglé par la grammaire comme pour un festin ou des négociations. On dirait même qu'attendent des illuminations que vous n'avez en rien méritées. Comme si, ici ou là, allaient être mis à feu des mots porteurs d'une charge qu'ils tiennent d'une notion abolie, et prêts à éclater en une gerbe d'autres mots, pour vous rendre visible je ne sais quoi. Ou, en lieu et place de visions, des fantasmagories? Je ne puis encore le dire. Mais il y a quelque chose d'effrayant dans le langage, qui ne s'accorde pas au monde éclaté que je traite. C'est comme si tout ce que je sais l'entachait de nullité, tandis que le restaure en toute sa splendeur une instance inconnue. Comment une et même chose peut-elle tout ensemble être et n'être pas?

D'une certaine manière, c'est vous, évidemment,

qui déliez ma langue. Sans vous je suis sans voie. C'est vous qui me permettez de suivre le cours d'une pensée. Où me tournerais-je sans vous ? Les mots qui demeurent sans adresse me restent dans la bouche, ils m'étouffent. Les pensées se figent, pétillent, et bourdonnent en l'air. Sans vous, je ne suis qu'une page que personne ne lit, une suite de mots sans rime ni raison. Si l'une de ces photos éclaire d'un faisceau de sens l'espace du non-dit, c'est parce que vous la regardez avec moi.

Mais ce n'est pas tout, voyez-vous. Il y a tout de même un langage qui n'est ni de vous ni de moi, un obscur système qui aurait dû s'abolir, mais au sein duquel je me meus avec aisance grâce à vous. Avec aisance, et aussi certaine inquiétude. Ces enchaînements logiques, vierges, ou à peu de choses près, ces claires réminiscences en chaque mot — me donnent l'impression de glisser dans un piège.

Du piège, de la nature éventuelle de ce piège, je n'ai bien sûr nulle idée. Mais il est hors de doute que nous sommes par les mots induits à des raisonnements, des prises de position qui ne correspondent à rien. Voilà, sur mon sous-main, une coupure de journal relativement récente : « La bureaucratie en crise. » Quelqu'un — ce n'est pas moi — a entouré d'un trait le mot « crise » et ajouté : « Mais par rapport à quoi ? » C'est chose bien naturelle dans le milieu de la presse que d'avoir recours à telles expressions un peu forcées. Elles attirent l'œil du lecteur, comme la main du journaliste, mais demeurent en suspens, sans rapport à rien — si ce n'est à la largeur de la marge. Sans référence au passé, on ne peut faire un usage raisonnable du mot « crise ». Le journaliste triche. Ou voit-il quelque chose que je ne verrais pas ?

Suis-je moi-même en train de traverser une « crise » ? Cette absence totale de repères, ce désespoir qui filtre entre les mots, dans les mots, et toute la fièvre que je mets à les associer pourraient bien correspondre à quelque chose de ce genre. Mais comment savoir si cet état d'esprit est vraiment en rupture avec celui qui était le mien hier, le mois passé, l'an passé ? J'ai peut-être tendance à rebaptiser « crise » un état permanent, pour tenir bon, me faire croire que je vais m'en sortir. Oui, mais on peut supposer que je suis en terrain mouvant, là où toutes les ruades ne font que consacrer votre emprisonnement, vous plonger plus avant dans des bouillonnements de désespoir.

Ne vous méprenez pas : je n'ai pas l'intention de m'épandre en jérémiades. Je voudrais seulement établir que le langage, par ses vastes prétentions à être une mémoire, nous conduit insidieusement à des développements qui ne correspondent à rien de ce que nous savons. Nous sommes sans cesse induits à nous exprimer comme si nous appartenions à un ensemble, à user de termes chargés de références à un monde irrévocablement aboli. Ce n'est pas contre le bluff de semblables discours que je m'insurge avant tout. Plus grave est le danger d'être amené à préciser le peu de choses qu'on voit à l'aide de termes flous, qui font s'évanouir ce qu'on a tout de même eu un instant à portée. Voilà ce que je puis montrer des risques du langage. Je redoute cependant que la supercherie n'ait de plus vastes proportions. Je suis comme attiré en un drame où je plonge, à chaque effort d'en sortir, en un procès où je me règle mon compte sans le savoir.

Ce que je veux avant tout soustraire à ces formules aussi hâtives que dangereusement prétentieuses, ce sont les précieux vestiges que je puis recueillir d'L et de sa place dans ma vie, ces fragments de *notre* vie, en leur obscur éclat. C'est seulement que j'ai l'étouffante impression d'avoir par mes paroles dissipé je ne sais quoi, que je croyais savoir. J'ai peur de n'être là qu'à la perdre toujours plus. Et je ne sais encore si c'est parce que je parle avec trop d'à-peu-près, parce que la précision que je recherche est impossible — ou simplement que je passe par le truchement des mots. Je viens de vous dire, n'est-ce pas, que mes sens avaient gardé le souvenir de la façon dont retombaient ses cheveux. Je devrais me le rappeler, je suis tout à fait certain que je le savais tout à l'heure. Mais je ne puis préciser. J'ai menti — ou du moins ces mots-là sont devenus désormais mensongers : je ne sens rien sur le fragment de joue que voici.

Cette lacune s'étale, tandis que nous parlons, mais d'un mouvement trop lent pour qu'on le suive à l'œil nu. Pendant tout ce temps, cependant, j'ai observé le dos de ma main droite, ce que j'en vois d'ici : un fragment en forme de V, légèrement arrondi, qui luit comme de la brique. Au bord, tout près de cette tache de rousseur ovale, il y avait tout à l'heure deux petits poils follets. Il n'y en a plus qu'un maintenant. Le rivage est plus étroit, sans cesse et sans recours plus étroit. Et ne croyez pas que je le note par je ne sais quel mouvement d'apitoiement sur moi-même. Je voulais seulement illustrer ce que nous savons l'un et l'autre, mais de façon un peu abstraite : notre marge de manœuvre, au fil de ce dialogue, se fait sans cesse plus étroite. Il n'y a pas de temps à perdre. La durée d'un entretien doit être sensiblement égale à son importance. Trop parler n'est rien dire.

C'est pourquoi je me demande si nous avons le temps d'examiner cette photo. Voici à première vue un document personnel de première importance, et l'un des rares que j'aie de ces dernières années. C'est une photo de groupe, où l'on dirait que nous sommes tous les deux, L et moi. En tombant à l'envers, elle vient de laisser voir l'inscription qu'elle porte : « L'écrivain de la famille » — ce qui nous servira de point de départ. Je reviendrai là-dessus. Bon, c'est une photo de famille. Telle est sans doute la pièce la plus importante du dossier. Le cliché est d'ailleurs d'une netteté peu commune. Mais je redoute en même temps que ce ne soit le moins net et le plus illusoire de mes documents d'archives. C'est tout simplement que je ne puis saisir ce qui relie ces deux affirmations. Mais peut-être allez-vous voir sur cette photo ce qui m'échappe. Je veux dire : peut-être, en votre compagnie, vais-je découvrir là je ne sais quoi, voir se cristalliser un instant quelque chose en ce papillonnement de lumière incertain.

Voyez, il y a là un certain nombre de gens, de moi parfaitement inconnus, en groupe, au-dessous d'arbres à la cime surexposée, devant ce qui pourrait être une auberge de campagne, ou du moins l'une de ces anciennes demeures, d'un genre assez gênant pour le particulier qui les possède aujourd'hui. Il y a de la raideur là-dedans, comme si la génétique avait assigné à chacun sa place dans le tableau. On essaie de se ressembler, à l'évidence. Et puis, par là-dessus, un nuage de mouches : les pensées des morts qui cherchent à se glisser parmi celles des vivants pour les rendre intelligibles.

Me voilà, au second rang — ou celui que j'aurais pu être, plutôt, une croix au crayon sur la tempe. Vous ne voyez peut-être pas ce qu'il y a de commun entre mes traits et ceux de la figure en question. Bah, les traits, c'est trop dire. Je ne puis évidemment en guise de visage affirmer de prétentions que sur deux ou trois fragments, une partie du nez et du maxillaire supérieur, un œil évidemment, et un bout de pariétal orné de quelques mèches. De tempes, presque pas ; de lobes temporaux à peine. Je suis naturellement ouvert, j'ai professionnellement le crâne ouvert dirais-je, de façon que chacun puisse lire dans mes pensées et s'assurer ainsi de mon intégrité. Mais regardez seulement l'arête du nez, sa longueur, l'inclinaison de l'oreille — oui, j'avais oublié, j'ai aussi une oreille, c'est important bien sûr —, et la position de l'œil, cave, au regard perçant, mais qui soudain peut se faire incertain, insondable — il vous faut le constater : ce visage, tout compte fait, ressemble à celui de la photo.

Il y a une ressemblance, oui — mais ce n'est pas le même. Car au dos du cliché, comme je vous l'ai dit, on peut lire, en script, après une autre croix du même genre : « L'écrivain de la famille. » En cherchant à saisir « les choses » sur le vif, le photographe a réussi à faire voir un possible qui ne s'est pas accompli. L'attitude de son personnage le montre clairement. Il y a là une espèce de duplicité, ou mieux, d'indétermination : celle d'un homme qui ne cesse de trahir la confiance qu'on est en droit de mettre en lui. Comme s'il n'avait en tête que de passer à la suite, de trouver le mot suivant, avec l'air de quelqu'un qui, à cheval donné, examine la gueule. C'est un jumeau à moi qui, au moment critique, se défile. Il ne vous écoute pas ! Regardez — il ne veut pas se fondre dans le moule ! Mais le vide, gorgé de lumière, qu'il y a à côté de lui, et sur lequel, de plusieurs côtés, on porte un regard consterné, c'est ma place. Ils m'attendaient. Je n'aurais pas dû les décevoir.

Non, ce personnage est bien l'homme que *j'aurais pu* être, si je ne sais quelle minime indécision de code génétique n'avait donné lieu à l'aberration notoire que je suis. Je vois dans mon passé une bifurcation, un croisement de routes où j'ai pris une direction différente de celle qu'attendait de moi ce cliché. J'en suis sûr, d'après ces deux feuilles gondolées, portant la trace de rouille qu'y a laissée une agrafe — et qui accompagnaient la photo, on dirait. La première comporte une bibliographie, sous le titre : « Eté 1951 », et fait surtout mention d'un cahier d'écolier, semble-t-il, avec le livret d'une symphonie en vers. Une autre référence énonce : « Nul ne sera lié à mon destin. » Affligeant. Puis un début d'épopée datant de Charles XII, et autre chose de même eau. Et au-dessous de l'ensemble : « Brûlé le 13 septembre 1951. » Le second document se présente sous la forme d'une annonce arrachée d'un tableau d'affichage, et concernant un cours d'histoire littéraire, à partir de septembre 1951, justement. En haut, de ma main, on lit : « La tentation. » Les choses sont claires : je dois, à cette époque, avoir sérieusement songé à abandonner le droit et m'être jeté à la hussarde du côté de l'écriture. Il semble que j'aie même tenté de faire un bout de chemin dans ma seconde vie. Sur l'annonce du cours figurent deux ou trois ouvrages de référence, et l'un d'entre eux — *Œdipe roi* — a été orné d'un astérisque. Mais on devine aisément où me portent mes goûts profonds ; j'ai noté à la main, à la suite de ce titre : « Procès conduit de main de maître ! » J'ai rebroussé chemin à temps, et fait un feu de joie de cette œuvre littéraire de nature fort scolaire, il faut croire. On ne trouve plus trace ensuite d'ambitions quelconques en ce domaine. Et je comprends pourquoi. A voir la liste de mes œuvres, je sens que se colorent du rouge de la honte l'oreille que voici, et ce bout de pariétal. J'en éprouve une gêne qui a, curieusement, un objet bien précis. Si le concierge savait que j'ai écrit des vers, que, par quelque hasard malencontreux, peut-être même, lui soient tombées dans les mains quelques lignes sur lesquelles il puisse faire la grimace, et qu'il me salue d'un « Tiens, je ne savais pas qu'il y avait un poète parmi nos directeurs » — bon, eh bien ma position me semblerait intenable. Non, ne vous méprenez pas. Ce n'est pas à cause de ce que ma vie privée peut avoir de délicat, ou autre. Je suis ouvert, n'est-ce pas. Le problème, c'est celui de la distinction essentielle qu'il y a entre mon métier et l'enfilage de perles à quoi se ramène quand même l'art. J'y reviendrai, j'espère.

On dirait qu'en renonçant à mes projets littéraires, j'ai tout de même conservé mon intérêt pour les livres, peut-être même cultivé des goûts assez sophistiqués en la matière. J'en juge à l'agrandissement photographique que voici, représentant une bibliothèque de belle taille. Je l'ai tiré, vous voyez, d'une enveloppe contenant aussi une diapositive – celle d'une lithographie. Ces photos ont sans doute été prises peu avant un voyage à l'étranger, quand on s'y risquait encore – en guise de réassurance, au cas d'un cambriolage ou d'une mise à sac. Et c'est apparemment à l'aide d'une forte loupe que j'ai examiné ce cliché-là, vu que j'ai reporté en marge quelques-uns des titres déchiffrés, avec des noms tels que Kafka, Beckett, Ekelöf et Kleist. Mais je ne puis me souvenir d'aucune lecture de ce genre et ces noms ne me disent plus rien. Je doute qu'ils aient quoi que ce soit à voir avec ma situation actuelle. Je ne lis plus rien, d'ailleurs, et pas de cette façon-là en tout cas. Savoir de quoi il retourne, le temps d'une page, c'est tout. Et puis on perd le fil, et il faut se reporter au titre de l'ouvrage pour savoir ne serait-ce que s'il s'agit d'un roman. Pour moi, la littérature n'a pourtant pas perdu tous ses charmes. Il m'arrive encore d'être tenté d'ouvrir un livre au hasard, et d'en goûter quelques lignes, une page ou deux peut-être, avant de perdre pied. Je suis sûr que, de cette façon, elle a encore certaine place dans notre société.

Je crains de vous avoir déjà trop parlé de cette photo. Je n'en voulais qu'à la femme qui se tient près de celui qui n'est donc pas moi. Qui est-elle ? Une coupe au carré sur un joli visage, on dirait. Un sourire un peu amusé, sans complaisance aucune à l'égard de l'objectif, un air un peu distant, non, le mot qui convient est celui d'intégrité. Force et délicatesse tout ensemble : d'une femme qui fait carrière, est au désespoir à l'idée de son ménage du samedi, de son linge sale et de ses fenêtres à moitié propres. Quelque chose d'un peu austère, l'amour un peu inquiet de la perfection sur un visage qui évoque une floraison de cerisiers. Un instant, mon cœur s'arrête.

Mais n'est-ce pas la femme de celui que *j'aurais pu* être — une figure pour moi quelconque en tout point ? Je ne la reconnais pas ; mais ce n'est pas une raison. Le jour où nous nous retrouverons, L et moi, nous ne nous reconnaîtrons qu'au bout de patients efforts. C'est seulement que cette femme n'a pas, non plus, de rapport avec ce que je crois être.

Si j'ai mis à examiner cette photo un peu du temps précieux qui est le nôtre, c'est dans l'espoir que vous pourriez m'éclairer. Et c'est ce qui se passe, je crois. Il y a dans votre silence une interrogation, à la limite précise de ce que perçoit l'oreille : « Pourquoi le document le plus précis est-il le plus décevant en même temps ? » Suffirait-il de chercher la précision pour que s'accroisse l'incertitude et s'efface le sens ? Je n'ose envisager de face cette question. Veuillez donc m'excuser de ne point prendre en compte, un instant du moins, votre demande. Je ne dispose que de trop peu d'éléments, de toute façon. Et l'enjeu est trop grand. Je ne vois que trop à quelle désagréable hypothèse vous apportez votre caution, mais *il me faut* raisonner, jusqu'à preuve du contraire, comme si je pouvais en ce papillonnant désordre poser en principe ceci ou cela.

Votre silence m'interpelle d'une autre façon encore : de la croisée des chemins, qu'ai-je à dire ? La petite enquête judiciaire à laquelle je viens de sacrifier tend, entre autres, à affirmer mon indépendance à l'égard de mon imprévisible jumeau. Mais mon éloignement de cet être imaginaire — à quel point est-il sûr ? Si, quand se croisent les chemins, au lieu d'en quitter un, on s'embourbait dans les deux ? J'apparaîtrais alors comme une figure singulièrement plus suspecte, en ce procès. Et il se pourrait que les recherches jettent sur moi un jour vraiment désagréable. Mais l'idée vient de vous, et je puis la démentir de plein droit. Il me faut souligner, jusqu'à preuve du contraire, qu'il est parfaitement possible de faire des choix — autant que de préciser le chemin que j'ai suivi.

Mais, pour plus de sûreté, il me faut vous prier de ne pas vous attarder avec trop d'insistance sur tel ou tel détail de ma tenue ou de mes propos. La chose a pour résultat de me noyer dans le vague, et amoindrit peut-être de certaine façon l'exactitude de nos efforts. Une attitude de réserve vous conviendra bien mieux. Oui, je songe surtout à la manière que vous avez de lorgner le large pansement que je porte à la tête. Il se remarque, oui, mais il faudra vous faire à l'idée que son origine demeure dans les ténèbres. Toute obstination mettrait ici en péril vos chances d'obtenir des éclaircissements en la matière. De plus, c'est une bagatelle, une plaie quasi refermée, qui pourrait bien remonter à une ou deux semaines. A supposer qu'on puisse en inférer quoi que ce soit, c'est sans doute que j'ai été pris à partie ou agressé. Il y a fort à parier que dans cette hypothèse mon porte-documents m'a été enlevé, et qu'il m'a fallu repartir, muni seulement des bricoles que j'avais sous la main. Le porte-documents que voici, assez peu défraîchi encore, a bien pu être acheté à cette occasion. Je pourrais même assigner une date à l'incident. Ce calendrier-ci ne sert que depuis trois semaines, tout le reste est vierge, bon, c'est net. C'est probablement lors de ladite agression qu'ont aussi disparu les photos que j'avais d'L ; elles devaient constituer mon bien le plus précieux. Le drôle de bout de tuyau dont je ne me sépare pas fait bien sûr partie du tableau, lui aussi. Ce doit être l'arme du crime, et je m'en suis muni pour la confier en tant que pièce à conviction au commissariat, lorsque j'ai porté plainte. Je n'ai pourtant aucun double d'une plainte de ce genre. Et il n'est pas malaisé de le comprendre. J'ai évité de me rendre au commissariat, où j'aurais peut-être dû m'expliquer sur les recherches dont le dossier se trouve dans mon porte-documents. Elles sont formellement conformes aux termes de la loi, mais je ne suis pas sûr que la police ait la même vision des choses.

Je parle de cette agression au conditionnel bien sûr, et nous n'insisterons pas. Tout ce dont je suis sûr, c'est de mon aversion à l'idée qu'un service de police se mêle de mes recherches. Il se peut que toute cette histoire soit née de là.

Le problème, avec mes recherches ? Je n'en sais pas plus que vous, car je ne cesse de perdre le fil de ce que j'apprends à grand-peine. Je perçois un écho lointain de la question qui en découle: et des recherches que je fais d'*elle ?*

On ne peut dire, d'abord, à quand remonte toute l'affaire. J'ai là un petit papier qui actualise le problème. En vous disant à l'instant que la lettre L est sûre — ce que prouve l'acte en question —, c'est à lui que je pensais. Seulement j'ai attendu une seconde — les mains m'en ont tremblé quand je l'ai touché tout à l'heure. Il s'agit de cette carte postale, qui est de mon écriture, et oblitérée dans les formes. Elle a donc été postée — mais se trouve quand même ici. La chose pourrait signifier que, dans un mouvement de colère, nous nous sommes rendu nos lettres ; mais c'est plus probablement que nous avons partagé le même toit. Oui, la facture le montre. Et la carte est restée chez moi, lors de sa disparition mystérieuse. Sur la partie adresse figure un L, là où devrait être le prénom, le reste est effacé, rien qu'un « 14, rue... », et plus loin « kholm ». Le ton est amical, mais ne laisse pas deviner d'intimité amoureuse. Elle est donc antérieure à la facture des lits. Elle n'est pas datée, non, mais le cachet de la poste peut se lire, sous certains angles, 1972. C'est une vue traditionnelle de Stockholm : l'Hôtel de Ville et une partie du quartier de Klara, fragments de tours, bouts de clochers, déchirures de ciel bleu, voguant au-delà de ce qu'on devine être de l'eau. Nul sujet d'inquiétude de ce côté. Mais le message fort banal qu'il y a de l'autre côté présente quelques mots qui me glacent le sang : « Je travaille pourtant à mon rapport. Et ce faisant je puis, mieux que tout autre ici, conjurer le chaos. » Prises en elles-mêmes, ces lignes ne signifient pas grand-chose. Mais si je dépose cette carte auprès des notes touchant mon travail d'aujourd'hui, de ces papiers dont l'encre a presque entièrement blanchi, dont certains ont gondolé, pour avoir tour à tour et à plusieurs reprises souffert de la sécheresse et de l'humidité, si j'ajoute, à côté, ces lambeaux de directives, pliées et dépliées, tachées, dépenaillées, date manquante, et de la même écriture pâlie — oui, alors m'étreint l'idée qu'il pourrait bien s'agir d'une seule et même entreprise, que, depuis une quinzaine d'années, je suis là à rédiger une chose dont personne ne veut, ne sera peut-être jamais faite, et peut-être ne *peut* l'être.

Quelque chose, en même temps, évoque ma relation avec L à l'époque ; la suite : « Le porte-documents bourré de toujours plus vastes déchirures d'espérance, je me traîne chaque soir vers ce qu'on appelle un chez soi. » Ces derniers mots me laissent perplexe. Dès le début des années soixante-dix, il faut croire, les choses en étaient venues au point que le doute plane sur la notion de « chez soi ». Mais ce n'est pas certain. Il y a là une injonction, une référence au vide de la vie vécue sans elle, en même temps que s'affirme une espérance qui est sans doute en relation avec la chimère d'une existence commune.

Cependant, à l'époque, on devait encore pouvoir agir sur le processus, ou en tout cas produire une documentation moins sujette à caution. Mon Dieu ! C'est à peu près de ce temps-là que date la facture que voici, dont on dirait qu'elle appartient à une autre ère. Et à ce moment-là, on doit aussi avoir attendu avec intérêt le résultat des recherches. On se rendait sans doute compte de la gravité des choses, sans que l'amnésie n'ait encore effacé toutes les leçons de l'expérience, aboli tout regard sur le dispositif des relations, points d'appui, et autres voies de retraite.

Il paraît inconcevable qu'une question de cette portée, que dis-je, d'une importance aussi centrale que celle-ci, ait été confiée aux investigations d'un seul homme. Ce qu'appelait la situation, c'est une commission d'experts, au calendrier très serré. Je puis, d'un autre côté, fort bien avoir été secrétaire d'un groupe de travail de ce genre.

Cependant, en admettant qu'il en soit allé ainsi, que se serait-il produit ? Après quelques séances, les membres de cette commission en auraient peu à peu oublié les réunions, se seraient mis à faire erreur de salle ou de lieu. J'éprouve à en parler la vive impression de panique qu'on a en s'apercevant qu'on vient juste de manquer une convocation importante, et que, se précipitant à travers les couloirs, on cherche à se rappeler, la chemise collée au corps, quand et où. Cette sensation, qui a toutes les apparences d'une réminiscence aussi proche qu'improbable, laisse place au léger trouble qui vous visite quand, après avoir fait une entrée fracassante dans une salle de réunion choisie à l'aveuglette, vous êtes là à écouter un exposé après l'autre en cherchant à deviner, sans y réussir bien sûr, de quoi il retourne en ces lieux. Vous jetez autour de vous des regards furtifs, pour tenter de savoir combien de ces visages sans expression abritent le même sentiment, dont nul n'ose piper mot. Ou vous êtes par hasard arrivé à la cave, et vous voilà assis sur une caisse renversée, fixant d'un œil vague les tuyaux du chauffage urbain, et vous efforçant de saisir où vous allez, et pourquoi.

Si la commission d'experts s'est sabordée de la sorte, j'ai poursuivi à mon compte et peu à peu fini par me passer des autres. Les recherches, que les media et la chancellerie ont en un premier temps suivies avec intérêt se sont progressivement embourbées dans l'oubli. Mais oui, c'est de cette façon que les choses ont dû se passer. On peut lire sur la carte : « Je travaille à mon rapport. » *Mon* rapport ! Est-ce une façon de parler, ou aurais-je dès le début des années soixante-dix perdu le contact avec ceux qui peuvent s'être trouvés là, *doivent* s'y être trouvés, si l'on veut bien se souvenir de la signification de l'entreprise ?

Me voici en tout état de cause engagé à mes frais dans la poursuite du travail, mais devant une difficulté toute nouvelle. Quand je serai au bout de mes peines, il me va falloir convaincre le ministre de la réalité de ma mission, et — chose plus délicate — de son enjeu. Car le danger contre lequel on s'est une fois insurgé n'a plus le même relief aujourd'hui. On s'est plus ou moins adapté à ce qui paraît être le cours naturel des choses. Je risque même de passer pour un original.

Car on a dû, je suppose, considérer que le processus en question constituait vraiment une menace. Je ne puis cependant faire abstraction d'une autre éventualité : qu'on ait pris d'un cœur tranquille la disparition du passé, que dis-je, qu'on ait même subi l'attraction d'un état où l'on serait quitte de toute réminiscence endormante, du poids des choses révolues, et de la contrainte qu'elles exercent. Peut-être l'amnésie est-elle une constante menace, qu'on a, en ce cas précis, aidé sans y penser à se concrétiser, une catastrophe en suspens qu'on a attirée sur soi dans tel ou tel dessein politique. Tabula rasa ! Et voilà : un avenir tout neuf, que rien ne grève. Si c'est ce qu'on cherchait, quelle grossière erreur ! Ce qui est arrivé au contraire, c'est que nous ne cessons de revivre le passé sans nous en apercevoir. Devant moi, comme vous voyez, mon agenda est ouvert. J'étais en train d'y porter une idée de recherches lorsque vous êtes entré. Mais à l'emplacement réservé aux idées nouvelles qu'il faut, pour ne pas en perdre le fil, prendre en note sans retard, la chose est déjà griffonnée. Et ce n'est pas tout ; on a ajouté à la suite : « Mais c'est déjà noté. » Et un peu plus tard : « Encore ! » Si j'osais tirer de là un principe général, je dirais que sans le savoir nous marchons sur nos traces.

Je dispose du reste de quelques récépissés des services fiscaux qui confirment semblable hypothèse. Le dernier en date atteste que je viens de recevoir une visite d'huissier. Il faut évidemment que les taxes occasionnelles soient encaissées sans retard, compte tenu de notre existence ambulante. Si l'on en juge par l'arsenal assez lourd du personnel chargé de la saisie, ces levées immédiates sont causes de certains mouvements de mauvaise humeur. Mais comment pourrait-on d'autre façon régler l'aspect fiscal des choses, en cette vie évasive? Que les autorités opèrent ledit prélèvement à plusieurs reprises, oublieuses, semble-t-il, des visites précédentes, c'est d'autant plus gênant. Comme le font voir ces reçus, le même impôt a été exigé de moi quatre fois. Peut-être est-ce plutôt en cette distraite fringale qu'il faut chercher le motif de la puissance de feu mise en œuvre.

Mais je bats la campagne. Ce qui vous intéresse, ce sont les recherches, n'est-ce pas. Bon, il est impossible de savoir quelle opinion on avait de l'amnésie quand le groupe de travail a été mis en place. Cependant, s'il en va comme je le supposais en second lieu, toute l'entreprise a eu un autre contenu. On s'est plutôt inquiété de mettre au jour le mécanisme, de façon à pouvoir agir dans le sens souhaité, et même accélérer le processus.

Il y a néanmoins une autre éventualité, beaucoup plus inquiétante: que personne n'ait jamais attendu de rapport. Sous la pression des circonstances, on a peut-être nommé une commission d'enquête qui, tout naturellement, devait subir l'invasion et le joug des forces qu'elle avait pour mission d'étudier, se disloquer, s'égrener, et pour finir perdre jusqu'à la notion de son rôle. Peut-être a-t-elle même hâté, à force de recherches tatillonnes, la diffusion de l'amnésie, et sa propre dissolution. Les pouvoirs publics ont ainsi pu donner des apaisements à l'opinion — et s'en donner, du même coup —, en assurant que de sérieuses investigations étaient en cours, et ensuite en admettant tout uniment qu'en vertu de ses lois propres cette mission exploratoire pouvait, que dis-je, devait échouer.

On a en ce cas réduit au minimum le risque d'avoir à connaître du problème. Le savoir était inutile en tout état de cause. Sans doute cette situation de désordre croissant fournissait-elle en elle-même et indépendamment de l'histoire de ses origines un milieu adéquat à la réalisation de desseins susceptibles d'éveiller une opposition politique. Une chose aussi alléchante que de manipuler la réglementation dans l'intérêt momentané de votre milieu est évidemment d'une exécution plus aisée si les gens n'ont point souvenir de la législation antérieure, et, au cas où la presse viendrait à réagir, si tout est oublié un bon moment avant les sondages d'opinion de la semaine suivante. Il me semble bien entendre le vague froissement de tels amendements, sans cesse improvisés. On dirait le bruit que font, sur un aéroport, en ne cessant de changer, les panneaux de départs. Qu'il vous arrive ensuite, dans la hâte où vous êtes, de faire une ou deux lois là où l'on a déjà légiféré plusieurs fois, c'est une tout autre affaire. On ne prend pas sans rançon l'amnésie pour servante.

Si j'ai, en ce cas de figure, et pour des raisons qui me sont propres, persisté en dépit de la promesse de ruine qui pesait sur mes recherches et sur moi-même, ce ne peut avoir été que par trop de lenteur d'esprit à l'égard des pouvoirs publics et de leurs desseins cachés, par une impardonnable absence de civisme, sous l'effet d'une passion que j'aurais laissée croître au-delà de ce que je devais prendre sur moi. Comme si un peu de la duplicité curieuse de mon jumeau m'était passée par la tête.

Mais je ne sais lequel de ces projets on a eu en entreprenant les recherches. Il semble curieusement que toutes ces hypothèses, quoique contradictoires, soient en même temps recevables.

Oui, oui, j'ai bien saisi votre muette réplique : pourquoi, au nom du ciel, ne pas voir ce qu'il en est dans mes instructions ? Vous n'avez, il faut croire, pas compris que je ne cesse de fouiller le contenu de cette enveloppe brune avec tant d'insistance que les papiers en sont presque décomposés, et qu'ils partent à force d'usure en peluche. Tenir fermement le cap est chose fort nécessaire à l'heure où mes recherches paraissent être entrées dans une phase déterminante, et où, d'un instant à l'autre, peut s'éclairer le partage des responsabilités. Mon ambitieux projet d'arracher à ces directives des instructions précises les a néanmoins réduites à quelques rares îlots et récifs de sens, dans ce moutonnement. Sur deux points cependant le texte est fort lisible. Il est dit d'une part que les recherches doivent être conduites « sans parti pris », et de l'autre que « dans ce cadre doivent être laissées de côté les questions relevant de... » — après quoi une lacune, la suite soulignant seulement que l'affaire « ne devrait pas donner lieu à un accroissement des investissements de la communauté » en la matière. Les deux passages explicites que présentent ces directives vous tiennent parfaitement en tenaille. D'un côté, le travail ne peut prendre appui sur rien ; et de l'autre, un certain nombre — indéterminé — de questions sont réputées tabou.

Dans l'immobilisme auquel me contraignent les instructions, j'entends la voix du ministre enjoignant, sans équivoque : « Quelle que soit la méthode à laquelle on se range, doit être prise en compte la nécessité d'user de critères rationnels autant qu'opératoires. »

Le problème essentiel n'est peut-être pas que le texte soit aussi fragmentaire, mais qu'il n'ait de référence à rien de ce qui aurait pu donner à ces mots un contenu. Il arrive que des expressions courantes et en apparence pragmatiques prennent d'étranges airs d'énigmes, moins par leur construction que par leur rapport à un état devenu flou. Mais, simultanément, je ne possède guère de papiers plus précieux. De fait, je n'ai d'autre preuve de ma raison sociale. Et, je dois vous l'avoir dit, c'est aussi à partir d'eux que je devrais pouvoir inventer un moyen de la retrouver — L. Car je suis convaincu que mes recherches ont à voir, d'une façon ou l'autre, avec l'oubli. Mais il suffit que je me penche sur cette pauvre paperasse, et le sens en fuit de toutes parts. Un petit groupe de mots — « il a été décidé que... » — vous entraîne du côté d'un compte rendu de réunion — vers le doux rêve de pouvoir, en dépit de tout, tenir une séance de ce genre, avec des interventions qui ne chercheraient pas seulement, par essais et erreurs, ce qui pourrait bien faire l'objet de la conférence. Quelques autres, à demi effacés — qui pourraient être « facture » et « service » —, vous donnent la sensation d'une note d'hôtel à l'étranger, et vous refroidissent à l'idée du péril que comporte si lointaine aventure, tandis que, c'est le comble, les chiffres paraissent avoir été arrondis après coup. Mais dans l'instant qui suit, le document retrouve le ton du commandement : « de la plus haute importance » et « doivent vous rester en mémoire ». On croit entendre, une seconde, l'écho des directives que l'on a attendues, le verbe lourd de sens de qui a été poussé au cœur des choses. Mais voici que les mots repartent en cavalcade : l'expression « ne puis... sans » conjure, dans le registre tout à coup dépouillé de la lettre d'amour, une personne sans qui l'on ne peut plus respirer. Et le diagramme, qu'on devine, se déploie soudain en un incroyable phallus. Non ! Il s'agit du graphique d'une dette qui s'alourdit. Et les mots « la responsabilité doit en être assignée... » dessinent une accusation qui me cherche. Mais enfin c'est absurde ! On dirait une de ces figures de bric et de broc — avec un nom en « test » — où l'on peut voir des choses tout à fait différentes selon ce que l'on recherche, ou d'après le côté d'où l'on est venu, peut-être bien ? Aidez-moi, je vous prie !

J'entends la question que vous me répétez tout bas, et qui me brûle la peau : en tant que secrétaire d'une commission d'experts qui se serait ainsi perdue dans la nature, étais-je qualifié pour m'acquitter de la tâche de main propre ? Votre étonnement m'atteint, comme le froid du manteau d'un visiteur qui entre — vous venez vraiment du dehors. Nous avons bien sûr ici une vision instrumentale des compétences. Il ne s'agit pas du *quoi*, mais évidemment du *comment*. Nous sommes entraînés à régler des problèmes, et la chose est en nous comme le sont les réflexes, tandis que ce qu'on appelle savoir professionnel s'efface dans l'instant qui suit, au moment où l'amnésie déplace sa ligne de front. Le système où nous vivons semble en réalité assez bien conçu pour faire face à cette invasion.

Vous oubliez en outre que j'ai, à la différence de ces experts disparus, des raisons bien à moi de faire toute la lumière sur cette question sans contours. Il n'y a que par ces recherches que je puis espérer retrouver ce qu'a été notre rapport, à L et moi. C'est la faim que j'ai d'elle qui me donne les moyens de la mission officielle. Ces recherches et celles que je fais d'*elle* se confondent et brouillent leurs traits, comme sur une pellicule qu'on a exposée deux fois. Mais il y a aussi, entre mes deux projets, une relation plus profonde. C'est une chose que je devine, sans y voir clair encore. Quand je parle d'L, il me semble que c'est comme d'une image allégorique des fins de l'enquête publique, et quand je fais mention de la tâche dont je suis chargé, me court jusqu'au fond de la moelle un frisson de deuil et de désir. Je ne puis clairement saisir ce rapport, mais je le sens intuitivement, que dis-je, j'en ai presque l'odeur dans les narines. Bientôt hors de portée, un parfum un peu douceâtre, fade, et tel celui qui monte d'un tas de feuilles mortes, où est enfoui un lièvre en charogne depuis longtemps.

Au reste j'ai une fois tenté de m'informer des conditions historiques de ma mission. Dans mon agenda de l'an dernier figure cette mention d'une visite que j'ai faite à la bibliothèque de la ville. Selon toute apparence je n'ai pu y trouver le rayon historique et je me suis adressé au service des prêts. « Visage vide et luisant », peut-on lire. Puis : « Signal d'alarme ? » L'employée qui se tenait près de la banque de prêt a dû se pencher à la recherche de je ne sais quoi, et en ma mauvaise conscience j'ai traduit ce mouvement comme un signal à l'adresse des services de sécurité. Ou était-ce bien une alarme qu'elle cherchait ? Il n'y avait bien sûr rien de directement délictueux dans ma question, mais il se peut qu'elle m'ait pris pour un fou en cavale et qu'elle ait redouté que je ne l'agresse. Ma propre réaction, elle, ne fait point de doute. Il me suffit de voir ce griffonnage affolé pour me sentir en proie à l'irrésistible réflexe de prendre mes jambes à mon cou. Sans doute me suis-je enfui à la façon du fou qu'on devinait en moi. En tout cas, sur le bureau, ni dans le porte-documents — nul livre d'histoire moderne. La question est ouverte : existe-t-il une littérature de ce genre-là ? Ou plus exactement : est-elle concevable ? Je ne vois aucun moyen de trouver une réponse.

J'ai tenté à moindre bruit de substituer aux livres qui me manquaient la lecture des commentaires de presse. L'injonction « Les journaux ! » se répète invariablement dans l'agenda. J'ai de toute évidence fouillé de jour en jour les titres de la presse nationale, dans l'espoir d'y trouver je ne sais quoi d'autre que la mention des amourettes et des viols de frontière de dernière heure. Je ne sais quelle vue d'ensemble, quel regard sur le passé, mettant en perspective ces lambeaux d'événements. Rien. D'une page sur l'autre, rien qu'oubli. Sur le journal d'aujourd'hui, j'ai porté, vous voyez, en travers de la première page — j'avais déjà oublié, — le mot : « RIEN ! »

Tiens, j'ai entouré là le mot « identité », et mis un point d'exclamation dans la marge. Le journaliste l'a, dans un reportage criminel, confondu avec « indices ». La confusion est significative, il faut croire. Je n'ai personnellement pas de notion bien précise de la valeur du mot — et je ne le regrette pas ; le concept est sans intérêt, semble-t-il. Mais j'ai quand même l'impression que « l'identité » n'est pas quelque chose de statique — état ni qualité. Il y a dans le mot comme une dynamique. Il s'agit de quelque chose que, sans discontinuer, on affirme ou qu'on renonce à affirmer, de quelque chose d'incertain, que sans cesse on protège ou dont on se protège, qui ne cesse d'évoluer, même si elle peut, un temps, se figer sur un passeport, ou dans une confession. Je suis de cette façon dans les parages du mot, sans l'avoir à ma prise. Lui faut-il un passé, pour qu'il trouve un contenu? Un peuple sans histoire a-t-il une « identité »? La question est étrangement vide de sens, et l'on a en général de la difficulté à discuter de ces choses-là. Je viens de vous parler de quelque chose qu'on « protège ». La chose fait suranné, c'est drôle, et convoie un petit air de jérémiade. On ne « protège » plus rien désormais. Les usages linguistiques suffisent à le faire comprendre.

Mais je dois être prudent, en usant du mot « histoire ». Il y a une relation entre la réaction de la bibliothécaire et la façon qu'a eue de froncer le sourcil le chef de notre service juridique. Les recherches que je conduis ne sont bien sûr pas d'un point de vue formel contraires à la loi, mais elles enfreignent un code plus subtil, qui est dans l'air, paraît comme un éclair dans le journal, s'attarde sous l'os du front — un code qui a pris la relève de la loi. Je crains que mes efforts ne soient en ce sens devenus chose sans cesse plus suspecte — rien de délictueux, mais quelque chose de pire: une entreprise gênante, une farfouille qui dénote de la défiance à l'égard de nos valeurs communes.

Je suis tourmenté à l'idée que puisse s'instaurer pareil malentendu, mais ne saurais faire grand-chose pour me justifier tant que je ne puis même attester du contenu de ma mission. Bien plus: il semble qu'à fouiller les directives, comme je viens de le faire, je me retrouve avec encore moins d'indications à ce sujet. Comme si je déparlais, couvrant de mon bavardage les quelques éléments qui s'y trouvent. Oui — comme si, à tenter de triompher de l'oubli, on ne faisait que le nourrir. Vous n'êtes pas innocent en ce cas-là. Vous m'écoutez patiemment, et votre attention même, me permettant de poursuivre, est peut-être bien ce qui attire encore un pan d'oubli sur nos têtes. Si, de cette façon, à chercher la lumière, je n'engendre que le chaos, alors c'est vous mon bourreau, l'exécuteur des hautes œuvres que j'ai moi-même convoqué. En ce cas, la pauvre paperasse que j'ai dans ma serviette est aussi en péril, vu notre façon de faire. Comme si mes questions, s'adressant à ces factures, ces agendas, ces photos, ces brouillons et ces notes, libéraient un gaz rongeur, faisant disparaître les derniers éléments susceptibles de permettre qu'on s'y retrouve et qu'on prenne les mesures appropriées. Comme si les recherches elles-mêmes effaçaient toutes les preuves.

Mais ces maigres données recèlent en elles-mêmes des ressources insoupçonnées, on dirait. Je passe le doigt sur ces deux billets d'entrée au concert – ils sont froissés –, et j'en entends vaguement monter un air de musique presque connu. J'en ai oublié le nom, mais les cordes y grimpent en crampes caractéristiques, et les instruments à vent rendent aux cors français un répons qui vous fait courir le long de l'échine un frisson bien connu. On en sauterait sur son siège, si ne ne vous y rejetaient, vous plaquant au dossier, deux ou trois coups de trompette. Mais la musique seule ne me donne ce frémissement. C'est aussi le sentiment qu'L est assise près de moi, et que nous partageons – sans la partager vraiment – l'expérience. Oui, comme si sur sa main j'avais posé la mienne quand elle la retirait. Le bout de mes doigts peut bien dans les plis du papier déceler sa présence, un détail désavoue l'accord que suggérait la musique. Sur l'un de ces billets, on peut lire de ma main, mais en traits qui traduisent je ne sais quel abandon : « Engueulade. Et l'histoire n'en valait pas la peine. » Quelle escapade a donc mis notre vie commune en péril ?

Mais le pire, c'est que le fait d'interroger ces paperasses semble troubler ou plutôt dissiper les phénomènes dont les traces sont inscrites dans leurs fibres grisâtres. En passant de nouveau le doigt sur ces billets, je n'entends qu'un brouhaha, et puis le son lointain de quelque instrument isolé. L'écriture en est maintenant à demi illisible. Le mot « histoire » paraît signifier autre chose, de plus insaisissable et plus général à la fois.

Je ne comprends pas où est la faute, voilà tout. Aurais-je dû plutôt laisser dormir en paix ces papiers ? Suis-je un archéologue trop tôt venu, dont les méthodes primitives anéantissent les trouvailles au lieu d'en garantir le témoignage, et qui détruit les restes de la magnifique fresque du passé en ses maladroits efforts pour l'offrir aux regards curieux, et au besoin qu'on a de la voir en son ensemble ? Non, cette image aussi ne fait que tout brouiller. Comme si chaque tentative de gagner en clarté rendait le tableau plus flou.

Me voilà près de vous crier : « C'est ça, l'Enfer ! » Mais cette pensée est absurde. Ne serait-ce que parce qu'elle suppose une plus haute instance — si tant est que nos paroles et nos actes ne se sont conjurés pour former quelque insaisissable tribunal, et nous condamner à un enfer que nous nous serions nous-mêmes préparé. Mais surtout : l'imaginer reviendrait à poser l'existence d'une faute. Et comment pourrions-nous, comment pourrais-je avoir une culpabilité quelconque en l'oubli ? Son empire s'étend, indépendamment de nos vœux. On peut au mieux tenir le rôle d'un Quisling, de cette cinquième colonne qui aide l'occupant à mieux faire, que dis-je, ouvre la porte au pillage. Mais je n'ai rien à voir avec telles machinations. Je ne puis apercevoir le moindre rapport entre notre — ou ma — manière d'agir, et le cancer inconnu qui ronge notre conscience.

Je constate, non sans chagrin, que vous n'en avez pas l'air aussi sûr. Peut-être ne croyez-vous même que je conduise les recherches avec l'énergie qu'il faut — comme si je souhaitais moi-même qu'elles se perdent en méandres avant que l'on n'en vienne à je ne sais quoi de fâcheux. Comme si j'étais moi-même au cœur de mes recherches, et moi-même impliqué dans les investigations que je dirige, ou dans celles qui se dérouleraient à mon insu. Comme si j'étais moi-même au banc des accusés, et n'avais rien en tête que de voir ajourner ce pénible procès, de le voir oublié avant que trop de choses soient portées au grand jour. C'est ça que vous croyez ? Tout ce que je puis vous dire, c'est que je n'ai pas l'intention de suspendre les recherches. Je veux aller ici au fond des choses.

Eh bien, procédons par ordre. Nous pouvons pour l'instant laisser de côté ces agendas. Attendez ! En voici un qui s'est ouvert, le dos de la reliure est cassé. Regardez ces deux pages, qui annoncent en majuscules : « À LA CAMPAGNE ! » Sans indication d'heure — on a dû partir en voiture. Et autre chose, voyez : « Les rideaux pour la chambre. » Le lendemain, seulement : « Du merisier ! » D'un coup, entre ces quelques notes, apparaît un rapport. Les mots jettent avidement des ramifications dans un passé révolu. Et je vois une fenêtre à petits carreaux, ouverte, dont le rideau repassé de neuf flotte vers l'extérieur, par un frais matin de mai. Le merisier s'élance comme une énorme vague écumante contre la fenêtre. Et devant moi, la seule au monde, avec un sourire oblique : faisant passer d'un mouvement d'une lenteur étudiée sa chemise de nuit sur sa tête. L'oiseau, le chant du roselin dehors est douloureux, mille fois plus grand que l'oiseau ; il emplit tout le jardin, toute la voûte du ciel.

Ce ne sont pas des souvenirs. La chose remonte à quatre ans d'après ce qu'indique l'agenda, elle est bien au-delà du champ de ce qu'embrasse ma conscience. Les mots se souviennent à ma place. Je n'aurais jamais pu, par mes faibles moyens, ramener au jour ces images. Il n'y a même dans le tableau nulle ombre de mensonge.

La grâce.

Sans ombre de mensonge ? J'ai bien cru tomber dans le panneau. Il se pourrait que ces visions enchanteresses m'induisent à quitter les voies du raisonnement, à négliger le seul moyen de trouver une issue à la confusion ambiante. J'attendrais alors, inerte, les lettres de grâce qu'un ordre étranger m'octroierait ; je quêterais des miettes qui auraient un goût d'amnistie. C'est de ce côté, sans doute, que je suis le plus facile à surprendre. Mais je n'ai pas l'intention de me laisser vaincre par surprise. Aussi longtemps que je saurai aligner deux mots, je persisterai à raisonner.

Cependant, le tableau incertain et peut-être bien fallacieux de tout à l'heure n'est pas sans intérêt dans ce contexte. Il pose la question de savoir quels phénomènes peuvent défier l'oubli, quels objets, quels cas de figure parviennent à éviter, avec leurs cargaisons de sens, les procédures d'effacement — et pourquoi ? S'agit-il d'éléments si importants pour nous, et d'une si essentielle densité, que le blanc de l'oubli ne peut les abolir tout à fait ? Ou alors des épaves si triviales qu'elles ont pu passer inaperçues au regard de ce vide impérieux et qui ne cesse de s'accroître ? Non, ce n'est pas le mot. Rien ne reste inaperçu. Mais alors : être vues comme choses bénignes, dépourvues d'intérêt ?

Pourquoi cette photo-ci est-elle là ? C'est l'une de

celles qui ont au dos une tache de colle et une petite déchirure. Elle présente sur le bord quelques mots au crayon, illisibles, mais qui ne sont pas de ma main en tout cas. Tout porte à croire qu'ils sont de son écriture à *elle*. Mais la chose signifie-t-elle que cette photo ait eu un rôle particulier dans une situation où on l'a tirée de son album ? Ou la colle, en s'effritant, a-t-elle laissé tomber la photo qu'L aura retrouvée et déposée là non sans avoir porté en marge une annotation qui a dû être un éclaircissement, à l'époque ? Si, en cette alternative, je me trompe, c'est peut-être pour toujours que je me ferme une voie. Je sens confusément que je devrais les suivre l'une et l'autre, sans bien savoir comment ça se ferait. Si je veux continuer, je dois prendre ici un risque. Et je fais le choix d'exclure la seconde hypothèse. Je refuse de croire que cette photo ne veut rien dire, et je parie qu'L l'a choisie parce qu'elle éclairait notre relation, voire notre situation elle-même. L'inscription illisible qu'elle y a portée ne peut qu'avoir désigné ce qui donnait sa validité à la photo. Mais qu'y a-t-elle vu ? Que veut-elle me dire ?

Il s'agit de moi, c'est clair. Le garçon que voilà — le plus grand des deux, plutôt — me ressemble beaucoup en dépit du temps écoulé. Il peut avoir huit neuf ans, et se tient près d'une femme assise, entre deux âges, le front un peu penché vers elle. De l'autre côté le plus petit, six ans peut-être, est là, à moitié blotti contre le genou de cette femme. Elle l'entoure de son bras en s'inclinant sur lui, non — ce bras ne repose pas librement autour de lui —, on dirait que l'enfant est partie d'elle-même, ne l'a pas encore quittée, ne le *peut* peut-être pas. Il y a une ressemblance indécise entre eux trois, un trait, un autre, à tour de rôle. Un instant après n'apparaît plus nul lien de parenté. Les deux petits garçons portent un costume marin. La femme et le plus jeune se tiennent sur un divan de facture ordinaire, recouvert d'une étoffe usée, à tons mêlés. Derrière eux, sur le mur, il y a un tableau. C'est une ferme de Scanie, ou une maison de maître, danoise peut-être bien : bâtiments blancs, allongés, et des saules taillés, un chemin de village qui se perd entre des cumulus. On distingue sur la photo un coin de table sombre. A gauche, en arrière-plan, une lourde tenture sombre, rouge vin probablement.

Le plus grand sourit vaguement, et paraît se rendre un instant aux injonctions du photographe, alors qu'en réalité il demeure aux aguets, et ne cesse d'écouter un roulement de tonnerre lointain, ou le prélude de je ne sais quel glissement de terrain, on dirait. Comme s'il prêtait l'oreille avec tout l'épiderme, plutôt qu'avec l'ouïe. Le cadet aussi écoute, mais d'une autre façon. Il a un sourire d'amuseur, à la fois doux et prompt à tout enregistrer, docile aux réactions du public maternel, prêt à réapparaître en empruntant d'autres voies, en suivant une autre idée si la première ne passait pas. La mère est corpulente, des traits purs pourtant, que l'embonpoint ne brouille que depuis la base du cou. Le regard est vrillé à l'objectif. L'expression, l'attitude évoquent le bonheur de la vie de famille. Il y a certains éléments de tension là-dedans : le plus grand est sur le qui-vive, et le cadet mendie doucement quelque chose. Mais ils offrent malgré tout une image harmonieuse, d'un paradis perdu, on dirait.

Mais L doit avoir vu autre chose dans ce tableau, s'aidant peut-être des quelques bribes de souvenirs personnels auxquels on avait encore accès à l'époque. C'est incompréhensible. L'inscription au crayon se présente cependant comme une espèce de piste. Il y a quelque chose de faux là-dedans. Quelque chose ne va pas dans le regard de cette femme. Ce qu'on lit d'abord dans ses yeux et aux plis de cette bouche, c'est un effort pour paraître. L'accent est mis avec une certaine emphase sur les enfants qu'elle a un peu poussés en avant — sur les parures qu'elle fait voir. Non, sur ce qu'elle a fait, « tiré », semble-t-elle dire. Mais au fond de ces yeux il y a du désespoir, le mépris de soi peut-être bien. Au-delà de ces lignes de défense, le regard gémit qu'on ne veut plus de ce monde, qu'on a peur, il se peut, d'en entraîner d'autres avec soi. Il ne cesse de vous répéter qu'on « se rend ». Tout en vous faisant ce vague sourire. Mais — on le voit maintenant — la chose est dite avec une netteté qui n'est pas celle de la franchise. C'est plutôt la menace d'aller se jeter à l'eau, mais une menace visant à créer l'incertitude, engendrer la sujétion — ce substitut de l'amour —, sans que ce soit pour de bon, pas pour cette semaine en tout cas.

Comment le photographe voit-il ce branle-bas, cette attitude de menace et de vague servilité tout ensemble? Il y a un étrange mutisme dans cette photo. Elle semble prise par quelqu'un qui ne connaît guère le tableau, et n'en dévoilerait que par accident les aspects. Ce ne peut être le père qui a ici tenu l'appareil. La chose va de soi. Ce n'est pas là un vrai foyer. Ce qui le laisse voir le mieux, c'est sans doute cette draperie, et puis ce canapé. Cette draperie divise une pièce assez vaste, de façon à permettre d'occuper tous les coins d'un appartement trop petit, on le voit bien. Il y a probablement deux lits d'enfant de l'autre côté, dans la partie la plus claire. Mais cette couche étroite, avec le couvre-lit qui paraît s'excuser, est d'une personne seule. C'est une famille éclatée, un foyer incomplet, en une de ces « cages à lapins » de carton des années trente, qui ont fait leur entrée dans le dictionnaire. Le quartier d'Hägersten, ou celui de Gärdet, avec leurs relents de divorces, leurs acteurs ratés, leurs coureurs d'aventures. Si c'est de Stockholm qu'il s'agit.

Le tableau qu'il y a au mur vous laisse un peu perplexe. Non qu'il s'agisse d'une œuvre en quoi que ce soit remarquable ; mais le format et la composition en ont une magnificence qui contraste tout de même avec l'indigence des lieux. C'est là, de toute évidence, une chose qui a fait partie d'une communauté de biens abolie, de ce qu'on a emporté en s'en allant. Avec un : « Celui-là, je le prends, c'est mon pays à moi, tu n'as rien à y voir. » Et le paysage prête à cette voix amère l'accent de la Scanie.

Mais le détail le plus éloquent de l'attirail, c'est le lit, le divan, le sofa, comme on voudra. Qui paraît bien se trouver dans une pièce d'accès, refuge d'un court sommeil que traversent des gens qui ont pris pension là, des garçons saisis de cauchemars, la grand-mère plaignarde, la démarche hésitante, bigoudis sur la tête — combien sont-ils au fond, les occupants du petit appartement que voici ? Le lit est défoncé : oui, l'embonpoint, bien sûr — mais qui n'est qu'un aspect du marasme le plus lourd, qui vous enfonce plus bas, plus bas, toujours plus bas.

Avec de larges répits d'enjouement — collègues et clients l'apprécient certainement. En même temps, on peut voir, là où le couvre-lit n'a pas été arrangé, que c'est un lit gigogne. Me suis-je trompé tout à l'heure ? Un lit d'appoint pour l'époux ? Non, pas en ce bric-à-brac de bribes d'opulence et d'irrésistible pauvreté, avec cette draperie, et tout ce provisoire où l'on est installé pour longtemps. Et surtout pas avec l'agressive déception qui luit ici par éclairs. C'est un lit destiné aux rares visiteurs qui vous viennent de province. Peut-être aussi une cache, pour les provisions faites dans le cas où une guerre éclaterait pour de bon — ouvrez le lit, vous trouverez farine, thé en sachets, cacao et café... L'un des paquets est crevé, sous le poids venu d'en haut.

Si je suis là à scruter à la loupe cette photo, ce n'est pas, néanmoins, pour retrouver mon enfance, mais pour en tirer ce qu'elle peut avoir à m'apprendre d'L et de notre relation. Que voulait donc souligner l'annotation illisible qu'Elle y a portée au crayon ? Est-il question du plus grand, de sa façon — la mienne — d'écouter en écorché vif, sismographe délicat, tout prêt à décrocher si la secousse est trop forte ? Ou alors du climat de totale incertitude, en ce foyer démembré ? Choses qui, dans les deux cas, peuvent avoir eu des répercussions bien plus tard. Ou alors prend-elle parti, entre la mère et les fils ? De quel côté se trouve-t-elle ? C'est bien elle, en l'affaire, le véritable photographe. Elle, qui confère à l'image un sens que je ne puis pas déchiffrer.

Mais la question demeure : quelles traces du passé peuvent défier l'oubli ? Cette photo m'est-elle restée parce qu'elle a de l'importance — ou n'a rien à trahir ? Ou alors... Autre cas de figure que je vois avec effroi... — qu'elle m'ait été laissée serait partie du complot... Pour m'amener où, en tel cas ? Et pire, n'est-ce pas — la pauvre paperasse que j'ai dans le porte-documents, ce signe extérieur de mémoire, est-elle toute corrompue ? Pour me faire glisser jusqu'au fond du marasme ?

A supposer qu'L ait vraiment voulu m'induire à considérer cette photo — se peut-il qu'elle l'ait vue comme une allégorie d'autre chose ? Ou si ce n'est pas le cas, serait-ce une erreur de méthode que de se la représenter comme une métaphore qu'elle me propose tout de même, une hasardeuse image du péril où nous sommes ? Je ferais alors appel à tout le métier que j'ai, aux souvenirs que mes doigts ont des modèles graphiques qu'ils s'emploient à créer afin de rendre les choses de ce monde lisibles et traitables — comme lorsque l'on s'efforce de faire correspondre les contraintes budgétaires avec cette chose floue que nous appelons le réel, la forçant une fois l'an à prendre corps et sens, à se muer en un je-ne-sais-quoi sur lequel il semble possible d'avoir prise. A-t-on le droit d'agir ainsi en dehors des heures de travail ? Si oui, je superposerais la photo que voici à la « réalité » qui se dérobe à moi, et je verrais paraître certains signes dans les plages en noir et blanc de l'image. Lesquels ? Cet appartement où l'on se presse, ce lieu d'un désespoir en tous sens traversé par des hôtes de passage, ce précaire refuge, en une vie d'où une figure de premier plan a disparu brutalement, et où les restes épars d'une communauté de biens portent muet témoignage d'un arrachement à une existence de raison — cette vision-là est peut-être de toute actualité. Mais en quoi les autres détails permettent-ils de mieux comprendre le présent ? Cette photo incrimine un mensonge sans cesse distillé et qui vous empêche de voir, l'accumulation constante des signes d'un état apparent de bonheur, qui, en réalité, enveloppe un violent désir de se détruire. C'est assez clair, semble-t-il. Mais ce n'est peut-être pas tout. Elle a quelque chose à dire de notre relation au passé. Le chapitre précédent a été arraché ; il n'en demeure plus que fragments équivoques. Tout, dans le maintien de cette femme, traduit une protestation désespérée à l'égard de l'épisode manquant. Il y a dans ses griefs une agressivité qui dévoile peut-être une complicité de sa part dans la catastrophe, et aujourd'hui *cela* serait-il pertinent ? Mais celle qui se trouve au centre de l'histoire ne renie pas le passé. Elle en entretient la flamme au contraire, en élément irremplaçable du martyre qu'elle se compose. Il ne cesse de nourrir le chagrin auquel elle ne peut se dérober. C'est ce chagrin, en même temps, qui retient ce qui est perdu, et lui donne vie dans le présent. Voilà qui est clair pour moi : — c'est le chagrin qui retient avec nous le passé. Et j'ai au moins le chagrin.

Il y a assez longtemps que je sollicite votre patience. Je n'ai pas regardé quand vous êtes arrivé, mais vous devez avoir passé ici une bonne heure. Et nous commençons à y voir plus clair par endroits. Restez encore un moment, et nous tirerons peut-être au jour toute l'affaire. Après quoi nous descendrons ensemble déjeuner. Il me semble qu'il y a deux ou trois restaurants où l'on mange bien dans le quartier, et j'aimerais aussi vous faire goûter un bon vin — un vin qui aura mûri, nous venant de ce passé que nous commençons à voir émerger. Mon Dieu! Je suis tout ému que tant de choses se soient arrangées. Et je ne sais pas au juste comment vous remercier. Je suis presque certain que nous allons pouvoir faire toute la lumière sur le problème si nous persévérons un moment. Ce qui m'en a empêché, c'est la solitude, le fait que personne ne m'écoute. A ne pas pouvoir suivre une pensée jusqu'au bout. Et puis tout a changé.

Je suis frappé de ce que l'instrument dont je dispose soit précisément celui que la littérature a perdu. L'écrivain, disions-nous, n'a désormais plus de rôle dans notre société. Comment une littérature pourrait-elle exister aujourd'hui ? Des tragédies ? Alors que l'échelle vertigineuse d'où le héros devrait tomber est maintenant à terre ; la façon qu'il a de s'y frotter à quatre pattes ne mérite même pas le nom de farce. Des romans ? Mais comment l'écrivain pourrait-il embrasser aussi vaste matière — pour ne rien dire du lecteur ? Alors, des satires ? A l'heure où nul ne sait plus ce qu'est la réalité qu'une formulation malicieuse prend pour cible ? Non ! La poésie de notre temps est celle du législateur, ou du fonctionnaire chargé de l'affaire, si l'on veut. Avons-nous, en ce noble drame, un jour paru en rivaux, en rebelles à l'égard du poète ? Cette pensée me touche de loin, comme l'ombre d'un nuage. Mais l'écrivain est maintenant, en tout cas, un étranger, qui n'a rien à nous dire de notre société. C'est *notre* art qui peut rendre, l'espace d'un instant, le « réel » lisible et traitable.

Et cet art-là possède les meilleures origines. Devant moi, sur un papier, il y a un *Œdipe roi*, coché en bonne et due forme en qualité d'ouvrage lu — nous en avons parlé, n'est-ce pas ? Le maître d'œuvre en est très probablement un juriste, à en croire une note. L'ensemble se présente sous la forme d'une enquête, conduite à partir de bribes de réel encore tangibles. Le magistrat instructeur n'est autre qu'Œdipe lui-même. Il a fait une fois l'objet d'un traitement injuste dans la cité. Je crois me souvenir qu'il a été spolié des avantages du droit d'aînesse. Ou peut-être lui avait-on gâté un ou deux chevaux ? C'est de toute façon lui qui dirige le procès. Les détails m'échappent, mais il fait de proche en proche éclater la lumière. Et voilà finalement, en toute sa nudité, le coupable surpris. C'est une tragédie qui porte sur la bonne façon d'instruire une affaire. Je crois que les plus grandes œuvres ont tendu de cette manière vers ce qui est devenu en toute simplicité l'art du temps.

Mais il me serait possible d'user de ce savoir-faire à des fins personnelles – c'est ce que je vois maintenant grâce à vous. Les divers procédés dont je dispose, en fonction, pour passer les crevasses de notre conscience éclatée pourraient servir aussi en cette quête passionnée qui me concerne seul. Je pense avant tout, sans doute, à notre façon d'user de ce que nous avons su quelque part établir comme d'un moyen pour faire jaillir par opposition un sens en un secteur tout différent et qui a perdu tout rapport avec le précédent. Comme pour les propositions de budget par exemple.

Chaque chose, soudain, me renvoie loin. Un message isolé, émanant du passé, peut éclairer l'instant que je sais à peine distinguer. Et ce que j'arrive tout de même à saisir du présent peut porter témoignage de ce qui est perdu. Est-ce être trop abstrait ? J'ai été saisi de bonheur ! Mais je vais m'expliquer. Cette pensée m'est venue devant ce que voici : un vieux menu resté dans mon porte-documents. Est-ce parce que nous commençons à attendre le déjeuner que ma main l'en a tiré sans que j'y pense ? Ce petit bout de papier rêche nous indique en tout cas une façon d'en sortir. Il y a là une date difficile à déchiffrer, mais qui, en certains instants, peut être lue comme 1981. C'est bien sûr un souvenir d'un dîner que nous avons, L et moi, pris en ville pour un anniversaire, ou peut-être le jour anniversaire d'un mariage. Le nom du restaurant — Blioche ou Belouche, on ne sait — suggère au même titre que le texte français l'idée d'un voyage en France. Mais on dirait quand même que l'adresse est suédoise. Bref, le plus intéressant, c'est l'organisation dont porte témoignage semblable proposition culinaire. Quelqu'un a pu régler les achats de saumon, d'oiseaux, ingrédients de pâtés et légumes divers, vins, pains, fleurs et bougies, se faire livrer les nappes sans erreur d'adresse par la blanchisserie, garder en tête la facture d'électricité — et s'attendre à ce que gens de service et cuisiniers, non contents de bel et bien rejoindre ce lieu de travail, s'y présentent aussi à temps, pour mettre au point les détails d'une expédition de ce genre. Je veux dire que ce vestige d'un passé de quelques ans, mais déjà si lointain, jette sur le présent sa lumière, fait apparaître des aspects de notre environnement que l'habitude nous voile. Les écailles nous tombent des yeux. Descendant déjeuner, nous ne comptons pas sur une précision militaire de ce genre-là. Il est possible qu'on ait recopié un vieux menu, mais on s'excuse dans ce cas : « Non ! Malheureusement ! pas de morilles aujourd'hui. Et le carrelet non plus n'a pas été livré, je crois bien ! » Il se peut que le cuisinier vienne juste de changer. Ou c'est un ambulancier, un éboueur ne sachant rien de l'art de faire un plat, mais qui fait de son mieux, avec ce qu'il a sous la main, aujourd'hui où le hasard l'a amené en cuisine.

On devrait par telle méthode pouvoir faire réapparaître certains pans de cette informe réalité sociale et privée. Ce vieux bulletin scolaire — le seul document datant de mon adolescence, on dirait — pourrait de la sorte éclairer partie de mon présent. Oui, mais elle est singulière, l'aversion que j'éprouve à toucher ce papier. La pensée de cette vieille école m'inspire tant de dégoût que me saisit soudain l'envie de déchaîner les pelleteuses. N'ai-je pas été pourtant en faveur dans ce monde-là ?

Je sais, à l'instant même où je saisis ce bulletin, que vont s'y afficher des contradictions — elles sont un signe du temps. C'est une appréciation du conseil de classe, comme on dit, délivrée par le lycée d'Östermalm, et concernant « l'automne 1948 ». Mais tout en bas, au-dessus du nom du professeur principal, on peut lire : « Stockholm, le 5 juin 1948. » Les saisons se font la guerre sur le papier. La bise de décembre pousse un souffle mordant sur la fête des prix, et emporte le fade parfum des feuilles sèches du merisier.

Il se fait l'avocat du diable contre lui-même, mais laisse malgré tout sourdre l'information. La chose la plus instructive, c'est la hiérarchie que compose, à la suite des résultats attribués à chacun, le « Tableau des distinctions décernées au titre de leurs capacités et connaissances aux vingt-cinq élèves de la classe ». Le lointain collégien de quatrième ou de troisième qui a le même nom que moi n'était pas seulement un brillant feu follet parmi ses condisciples, il s'acharnait aussi à atteindre monts et merveilles. Non ! A les *retrouver* ! Car il s'agit plutôt d'une revanche. A gauche, tout en bas, où la signature des parents doit certifier que le bulletin leur a été soumis : rien qu'un nom de femme. Bon, ma mère s'appelait Eline. Oui, pourquoi n'aurais-je pas oublié ça comme le reste ? C'est en tout cas le nom d'un foyer dispersé, d'une ruine d'édifice bourgeois qui n'est plus de nulle part.

Mais le garçon que voilà, qui se serait sans doute appelé Eriksson ou quelque chose de ce genre, gratte donc sous son nom de guerre, pour accéder par des échafaudages de notes à l'Eden lumineux et clos de la classe supérieure. Quelque part, à l'arrière-plan, c'est l'odeur de poussière, le bric-à-brac, et les sempiternels sanglots d'un deux pièces entre chien et loup, base de l'expédition lancée en ce royaume de lourdes façades de pierre closes, de salles à portraits de famille et de tapis sans fin, de couloirs à moulures et de filles de service toutes de bleu vêtues, qui présentent à Per et à son nouveau camarade du lait et des tartines sur un plateau.

Et l'austère tableau d'honneur de confronter ses motifs à notre papillonnement. Point de hiérarchie ici, il ne doit point y en avoir. Etoiles dorées, médailles, châtiments éternels ne sont plus de ce monde. Il y a là une société qui recrute tout autrement, sur une base plus large, pour l'essentiel en marge, et où l'on ne veut plus entendre parler d'ascension, faisant valoir au contraire que l'échelle est mise à bas. Mais le tableau d'honneur est toujours accroché là, une structure se dessine, point tout à fait identique, mais aussi rigide que l'autre. N'est-ce pas les mêmes figures qui en peuplent les colonnes, et la hiérarchie n'en est-elle pas aussi intangible ? La nouveauté est en cet énorme appareil, qui aurait, à l'en croire, de tout autres visées, qui mène grand tapage, aspire et refoule, déploie de grands efforts, mais sans grand effet il paraît. Les contradictions qui se dessinent sur ce papier en veulent désigner d'autres dans le présent — mettant au pilori un système schizophrène qui s'abolit lui-même, où l'on reprend de l'autre main ce que tend la première, supprime la sélection tout en resserrant sur vous le garrot des diplômes, où l'on remet sur pied celui qui est tombé en lui faisant un croc-en-jambe quand il veut marcher seul, où l'on mâche la langue de bois jusqu'à ce que tout se défasse entre ambiguïté et impuissance... Mais peut-être la chose n'est-elle pas de nature à impressionner qui que ce soit. On peut tout à la fois souscrire à telle critique et la trouver étrangement dénuée de pertinence. Et comment pourrait-il en être d'autre façon ? Les desseins et la pratique sont de deux ordres différents.

Ce qui apparaît le mieux, entre félicitations et classement, entre appel et absence en bonne et due forme justifiée, sur ce papier suranné, c'est la naïveté du jeune conquérant pris au feu d'une trop intense expérience. Il est capable d'y aller de tout son va-tout sans le savoir. Et puis, quelques années après ce début d'été ou d'hiver, il mise sur le mauvais cheval, et la chose lui coûte des années à réparer — si elle est réparable. Je ne sais de quoi il s'agit — si ce n'est qu'il se dirige vers une chose en quoi il sera englouti.

Ce garçon est droit sorti d'un conte populaire, dans un costume qui sent encore la porcherie, et c'est sa princesse qu'il cherche, bien sûr. Ce que le bulletin scolaire tente de lui faire savoir, c'est qu'il n'y a conte qui tienne, mais que l'on a pris note de son application, et qu'on est persuadé de pouvoir tirer parti de lui quelque jour. Le même papier, collant à la réalité actuelle, fait voir distinctement : le porcher qu'on a rossé cherche toujours sa princesse, essaie de faire valoir qu'il a à plusieurs reprises couché avec elle et ne l'a perdue de vue que pour un bout de temps, suite à un hasard malheureux. Mais que tout *devrait* bien finir, en vertu des lois du conte. L'oubli est secoué d'un grand ricanement.

Cet écho du passé m'a tout de même apporté une indication sur L. C'est une femme aux traits fins, aux façons assez distantes, au rire de bonne compagnie. Elle dit je ne sais quoi, sur un ton d'ironie légère, un peu froide. On ne peut pas l'entendre, mais la chose est nettement dite. Les mots perdus font mal. Ce visage trop lumineux est d'une apparition — qui finit par me chasser. Je n'ai plus prise sur ces mots, mais découvre devant ce morceau de papier que je n'ai cessé de les attendre. Ils font si mal que je ne puis m'en détacher.

Mais le chagrin qui retient avec nous le passé, même sans qu'on le sache le plus souvent... — peut-être y a-t-il quelque chose qui accroche de ce côté. L ne peut vraiment pas avoir voulu qu'on tire telle interprétation de la photo. Car je ne l'avais encore point perdue. Et elle ne peut avoir en ce temps anticipé le regret que j'aurais d'elle, et le rôle qu'il tient dans la reconstitution de ce que nous vivions à l'époque. Non, l'interprétation en question est vraiment apparue après coup. Cela ne signifie pas que je vais la rejeter. Une clé qu'on vous tend au hasard peut être aussi bien celle qui va vous ouvrir la porte. Mais j'avoue que tout a pris un peu des airs de loterie. Je suis parti du principe qu'L avait vu je ne sais quoi — et il ne se peut que ce soit ce dont je viens de parler.

Je frissonne, à ma table, en nage, comme après une marche au pas de course. Plein d'un enthousiasme qui se glace. Savoir ce qu'on peut sauver de l'instant de clairvoyance qui vient de me visiter. Oui, je le crois tout de même : j'ai — ou alors : nous avons touché quelque part. Le passé lointain persiste à faire mal dans le présent. Comme si j'habitais à plusieurs étages en même temps. Ce qui est à venir est-il déjà dans l'instant ? Peut-être en cette main défaite, en ce bout branlant de mâchoire. On ne peut suivre cette pensée. Il me semble pourtant que c'est comme si le passé continuait à faire mal dans le présent, y restant accessible, mais avec divers degrés de lisibilité.

Je dois seulement prendre garde à ce que me disent du passé les papiers qui se trouvent dans ce porte-documents. Ils empestent le mensonge. Je dois vous l'avoir dit plus tôt, mais en dépit de mon art de la déduction, je suis tout à fait fichu si je me laisse induire une fois en erreur par les vestiges du passé que j'emporte là-dedans. Nous venons d'examiner ce bulletin scolaire. Comment se fait-il que les détails d'un papier de 1948 apparaissent si distincts, et que se perdent dans le vague tant de documents plus récents ? Un caprice de l'oubli ? Une feinte destinée à me mettre sur une fausse piste, à se jouer de moi un instant avant que...

Je devrais peut-être, en tout cas, me défaire des pièces les plus frivoles du chargement, de toutes ces choses de circonstance qui prétendent au savoir, mais n'ont de toute évidence plus rien à raconter, ne font que brouiller ce que je cherche — par pure malice peut-être bien. Je devrais au moins pouvoir me débarrasser de ces amoncellements de pense-bêtes, vieux de plusieurs mois pour bon nombre — pour y voir un peu plus clair. Regardez, je puis en mettre de pleines poignées à la corbeille, sans qu'il y paraisse dans le tas. Et toutes ces vieilleries — billets de théâtre, factures d'électricité, demandes de fonds sorties de droite et de gauche — peuvent passer au rebut sans autre forme de procès. Tiens, une ancienne facture pour deux lits, elle ne nous dira plus rien aujourd'hui. Et du reste *au cas où* paperasse de ce genre me rappellerait quelque chose, comment pourrais-je bien m'en remettre à son témoignage ?

Après tout la mémoire des sens est peut-être plus sûre. A cette absence qui court en chacune de mes fibres, je reconnais la trace du passé. Il devrait m'être possible de retrouver une image d'L à travers la façon qu'elle a de me manquer. De sa peau, qu'appelle la mienne, je connais chaque pore, chaque grain de beauté et chaque repli humide, chaque innervation, chaque plage de fraîcheur. Mes lèvres savent où se trouve la naissance de ses cheveux, mes mains de quel geste se laisse saisir sa taille, mes bras connaissent son poids. Et il y a dans mon regard une zone d'ombre — qui suit les mouvements de l'œil — où loge exactement un visage en profil perdu, aux traits voilés, et pourtant si près d'être visible que ma paupière en tremble.

J'en parle, et ces impressions veulent déjà s'unir! La nuit toujours — mais comme si une main venait de se poser sur le commutateur électrique. Les sens y entrecroisent fiévreusement leurs messages. Jeu de lumière jailli d'un feuillage on dirait, à la hauteur de mes yeux, et toujours plus fort. Tandis qu'un crissement régulier ne cesse de croître, comme si elle marchait devant moi sur un chemin de gravier, en sabots, d'un bon pas, et que je me rapproche vivement d'elle. Un parfum encore anonyme, qui se fond dans les mouvements de branches d'arbres ombreuses. Et soudain : son visage, là, une fraction de seconde. Avec deux tresses peut-être, trop peu de temps pour le voir, mais un profil de trois quarts, nettement, et le sourire de qui vous reconnaît, tout surpris. Mais non, un sourire indécis, comme si on reconnaissait beaucoup de monde.

Plus rien ! L'image, trop fugace, n'a pu être enregistrée exactement. Mais la mémoire des sens m'en a davantage appris que tous les documents peut-être bien trompeurs, en tout cas incertains, que j'emporte en guise de signes extérieurs de mémoire, sans pouvoir me résoudre à les mettre à la corbeille. Davantage — et rien pourtant. Un visage sans visage, une présence sans voix. Le chagrin a de la mémoire, mais il ne dispose pas des couleurs, du nom, de l'adresse.

Il y avait en même temps je ne sais quoi d'effrayant en ce visage qui n'a eu le temps d'en devenir un, en cette douceur sans loisir de se muer en peau. Comme s'il y avait eu là une petite tache de décomposition, une touche de mort trop éphémère sans doute pour effacer l'image, mais suffisamment distincte pour donner vie à la vie.

Et voici les trivialités encore une fois. Le même message me revient, plus vulgaire, travesti, comme quand les peines de cœur des maîtres, au théâtre, se réfléchissent dans le miroir déformant de celles des valets. La sensation douloureuse que j'ai dans les testicules est là pour me rappeler de façon prosaïque comment a fini la nuit — mais pas en quelle compagnie. D'un léger coup de dague, qui parodie la mort, mais vous fait signe de vie. Et le goût de café douloureusement illusoire que j'ai dans la bouche m'apprend qu'à cette heure du jour j'ai l'habitude de descendre en avaler une tasse — mais ne parle d'aucun comptoir, ne fait que recouvrir d'un voile de cendre la douce excitation de mes sens.

Non, ne vous méprenez pas ! Je ne veux pas dire que nous ayons à interrompre l'entretien. Ce qui nous occupe là est sans comparaison plus important que toutes les pauses café du monde. Je n'évoque cet exemple sans doute assez trivial de mémoire corporelle que pour illustrer notre capacité à reconstruire. Et pas seulement dans le cas de besoins élémentaires comme de manger, de dormir, de trouver la satisfaction sexuelle. Avoir envie d'un café est chose assez complexe pour faire voir de quelle façon on peut tirer parti d'une combinaison de variables. Je redoute en effet d'avoir à descendre prendre part aux conversations en cours. Je sais d'instinct de quoi on parle en tournant sa cuiller dans la tasse. Je ne me souviens de rien, mais il faut qu'on y soutienne un plaidoyer sans fin, opposé aux attaques dirigées de toutes parts contre la bureaucratie. J'en ai la chair de poule. A vrai dire je serais peut-être moins fâché que profondément blessé de ces jappements à n'en plus finir, il faut croire. On oublie en effet — et pourquoi pas, après tout ? — que nous sommes en ce pays producteurs des éléments nécessaires à toute décision politique. En l'absence de bureaucratie l'oubli engendrerait vite l'entropie générale. Car le ministre ne sait rien de tous les nœuds du bois, de toutes les têtes de clous qu'il y a en ce que nous appelons paresseusement le réel. Il n'a pu distinguer un individu d'un autre depuis sa nomination. C'est qu'il lui faut agir à un niveau d'abstraction où ne peuvent atteindre ni cris particuliers, ni imprécations ou appels au secours bien différenciés. Mais on ne peut rien décider dans le vide absolu. L'homme politique serait donc sans recours en l'absence d'une bureaucratie susceptible d'offrir une assise à ses choix, et d'appliquer ensuite les décisions prises où, sporadiquement au moins, on rencontre l'environnement. Imaginez l'appareil d'Etat livré à lui-même, un pouvoir qui s'étend à tout mais ne pénètre nulle part. Un géant, plus colossal et puissant que jamais, un avide bonhomme, de bonne composition jusqu'à preuve du contraire, mais frappé d'aveuglement autant que de surdité. Et qui ne peut non plus tenir en place. On entend des craquements, des cris aigus tandis qu'il se déplace en tanguant sur son territoire, de çà, de là. C'est là que nous intervenons, devons intervenir, afin de guider ses pas, et par là même — je l'avoue — de prendre notre part de responsabilités. Mais c'est sans arrière-pensée. On oublie trop souvent notre honnêteté foncière, si mal rémunérée !

Oui, veuillez me pardonner d'y aller de la sorte ! Mais c'est d'une injustice qu'il s'agit, et chaque jour renouvelée, c'est l'air que je respire. J'en ai la sensation, sans garder souvenir d'aucune accusation spécifique. Et je ne cherche pas ici à défendre nos activités, mais à vous dire ceci : que les souvenirs inscrits dans la peau, les viscères, l'oreille pourraient offrir divers points d'ancrage à une enquête visant à explorer le domaine de ce qui échappe aux recherches de la conscience. Peut-être pourrais-je accéder au signalement d'L et à son lieu de résidence par un habile assemblage de toutes les sensations de manque qui tourmentent ma chair. Et — si je puis un instant m'accommoder de la mauvaise conscience que j'ai à traiter de mon désespoir privé au beau milieu de mes heures de service — peut-être pourrais-je élargir la recherche au-delà de mes affaires personnelles. A force de vouloir l'identifier — L — à partir de son absence, je serais peut-être en mesure de reconstituer le cours de mes recherches abolies. Directives et documents pourraient réapparaître, point par point, à partir de cette sensation de vide, de l'empreinte qu'ils m'ont laissée, ou plus exactement par une combinaison des diverses sensations de manque qui peuvent être distinguées.

Je vois ce que vous m'objectez, en votre for intérieur : telle entreprise se ramène à une suite de suppositions. Mais vos muettes protestations servent précisément mon propos sur ce point. Je ressens vos pensées à fleur de peau. La sensibilité quasi sismographique dont nous avons parlé, au lieu d'être un fléau, m'est ici une ressource. Et le fait qu'en mystérieuse et variable façon nous nous mouvions en autrui, ou, momentanément, suspendions en lui notre élan, me donne tout motif épistémologique d'user de vous à des fins de vérification. Je sens très bien en moi-même se ralentir votre pouls.

Aussi bien dans mes travaux d'archéologie émotionnelle que pour reconstituer les termes de la mission qui engage toute la vie, je pourrais de la sorte faire sur vous l'essai de mes observations, de mes rapprochements, pour atteindre ainsi, de proche en proche, à la clarté. Et qu'une argumentation appuyée sur la forme et sur l'intensité de ce qui vous fait défaut soit incertaine ou pas — elle m'apporte en retour une espèce de soutien dans les efforts que je fais pour interpréter tant bien que mal les pauvres indices dont je dispose.

Je vais vous expliquer. *Un* point de départ se présente : le document que voici, en soi obscur et douteux, un petit carton bleu clair qui devrait sentir le parfum, mais tripoté au point de ne plus avoir d'odeur. Un signe d'intimité, mais sans qu'on puisse savoir s'il est de la main d'une simple connaissance d'occasion ou d'une compagne de route. Je suis nonobstant quasi certain de mon affaire. Car mes épouses ad hoc, soir après soir, ne retiennent que le temps d'un arrêt le train qui passe. Ayant clairement compris que ma femme de cette nuit n'était nullement L, je n'ai plus aucun motif de vouloir sauvegarder quoi que ce soit de l'aventure. Mais le carton que voici prépare une nouvelle rencontre. Et je l'ai conservé. *Il faut* donc qu'il soit d'L. Je n'ose seulement pas en comparer l'écriture au spécimen que je possède de la sienne. Et ce n'est pas que je doute de leur ressemblance mais que, si je me mets en quête des lignes que je tiens de sa main, je crains de perdre le fil dans ce capharnaüm.

Le message est en grande partie effacé, mais on peut en déchiffrer deux ou trois expressions obscurément suggestives. D'abord quelques mots pour dire de se rappeler « une promesse ». Ensuite une lacune. Puis quelque chose qu'on peut lire : « Si tu pouvais te défaire... avant... » Et enfin, après une autre lacune, les mots que voici : « perdu parmi... te... conduire ».

Je ne puis me rappeler aucune promesse, c'est clair. Il n'y a aucune adresse sur le carton, en sorte que je ne pourrais, même si je m'en souvenais, tenir quoi que ce soit. Mais que signifie la suite? « Te défaire... avant »? En termes un peu drus, la chose s'associe à l'image d'un amoureux qui, dans le feu de l'action, s'exécute le pantalon à mi-cuisses. C'est une posture qui m'est tout à fait étrangère. Mais me vient en renfort certain souvenir charnel, insistant appel des sens, qui donne un cours nouveau à l'affaire. Le désir que j'éprouve se double d'un étrange arrière-goût, d'une sorte de disposition à vouloir prendre des risques, s'exposer au danger. Et de cette sensation, jointe à l'obscur message que m'apporte la carte, naît une vague image de jeux érotiques où l'on se mettrait volontairement en position d'être surpris, d'une espèce de jeu de hasard amoureux. Eclairé de cette façon, le texte prend un sens. Je dois me dévêtir devant la porte d'entrée, et, mes vêtements sous le bras, mes chaussures à la main, sonner en courant pleinement le risque qu'un voisin passe par là. Mais en quel escalier et devant quelle porte me tiendrai-je alors nu, le ventre visité, en un excitant cocktail, de l'envie de baiser et d'une sainte terreur? La mémoire sensorielle ne précise pas ces choses.

Alors, que signifie l'expression: « te conduire »? Comme si l'appartement était plongé dans le noir et plein d'obstacles dangereux. Une autre fois mes sens m'aident à interpréter ces mots-là. Je ne vous avais pas dit avoir l'impression que plusieurs personnes étaient impliquées dans la situation intime dont j'ai perdu le souvenir? Comme s'il y avait là quelqu'un d'autre, dans le noir. L'oubli me voile les yeux, et me laisse à tâtons, en intuitions incertaines, toucher un corps inconnu formé de plusieurs autres, une peau un peu moite qui change de température, de couleur peut-être aussi, et ce, en un état d'exaltation indescriptible, due à je ne sais quoi, mais que je devine là : bruits de respiration de plusieurs côtés, rubans de chaleur, odeurs de chair, odeurs diverses, de tout près. Le vide de la mémoire me laisse trébucher, aveugle, en un brasier d'où jamais ne jaillit visage ni caresse — en un grouillement fiévreux, multiple et continu.

Si on lit « te conduire » par référence à ce lourd climat de promiscuité, une promesse apparaît : « Depuis ce pullulement de peaux et d'odeurs où tu es, je te conduirai jusqu'à moi. » En ce grisant tourbillon où l'on a perdu le nord, c'est elle qui montre le chemin de la véritable rencontre.

Je sens que vous trouvez un peu extravagant ce raisonnement. Et j'en vois le point faible. Je n'ai pas d'assez près pris en compte cette étrange prolifération de corps, de bizarre dispersion corporelle devrais-je dire — que je devine dans le noir. Il ne s'agit pas ici de ceux qu'on peut être amené à faire vider les lieux dans une chambre de rencontre. Il n'y a là rien qui ressemble le moins du monde à de l'agressivité. Pas plus qu'il n'est ici question de sexualité collective. Le désir intime qui m'habite ne concerne de toute évidence qu'une seule et même personne. Avoir d'autres femmes dans son lit, ce pourrait être excitant, mais de certaine façon hors de propos. Leur présence y est improbable en tout cas.

Vous m'obligez à en venir à la conclusion que j'ai voulu aussi longtemps que possible éluder. Ce sont précisément les efforts que j'ai faits pour fixer les traits de ce visage oublié, de ce corps qui se dérobe — c'est cette tentative de la distinguer de tout le reste qui a eu pour effet l'incertitude, le grouillement, la décomposition. Plus je m'efforce de retrouver d'elle une image nette, plus deviennent incertains les reflets de la lumière sur sa peau, plus vagues les contours, plus nombreuses les silhouettes dans le noir de la chambre. Comme si de toutes parts venait se coller à moi un écran de peau moite, tandis que des jambes se referment sur moi de tous côtés, que des bouches ouvertes glissent le long de mon épaule jusque sur ma poitrine, quand je suis tout occupé de ma rencontre avec elle seule. Cette promesse — « te conduire... » — peut-elle être autre chose qu'une formule impuissante à conjurer le mauvais sort, en une situation où rien de bien précis ne peut guider vos pas désormais ? Le seul fait de vouloir la rejoindre, elle seule, la change en une foule de figures anonymes. La conclusion à laquelle vous m'obligez à en venir est qu'on ne peut fixer rien de particulier. Je ne l'ignorais pas, mais n'étais point assez fort pour le *savoir* vraiment.

Ce qui brise tout élan, hors le mouvement de ce satané discours, c'est le sentiment que j'ai été attendu au tournant. J'ai cru voir s'ouvrir devant moi un chemin. Le chagrin que j'éprouvais me paraissait de nature à sauvegarder le passé. En appliquant avec force à « la réalité » mes documents épars, je pouvais la contraindre à se laisser élucider. Il m'a semblé jouir d'une soudaine liberté d'expérimentation, sur les indications qui me venaient de ce corps soumis à l'abstinence, d'après les avares signaux qui filtraient tout de même de ce marasme. Et je suis tombé dans le piège. Ne devrais-je pas désormais mettre en doute les chances que j'ai d'arriver quelque part, à partir des vestiges dispersés du passé? Ils se corrompent sous le regard. Comme si une loi naturelle vous interdisait à l'avenir de fixer précisément ce que vous voulez observer. Ah! si je savais pourquoi.

Les frêles éléments que j'ai semblent disparaître ainsi par ma faute. Non parce que mes questions sont trop hâtives, mal conçues — mais parce que je les pose, tout simplement. Il suffit de chercher une indication précise pour que se trouve biaisée la réponse qu'on aurait pu, tout à l'heure encore, obtenir. Comme si nous n'étions pas seulement condamnés à retrouver notre lit comme nous l'avons fait, mais aussi à voir le désordre de la literie s'accroître chaque fois que nous tendons la main pour lisser le drap.

J'essaie de me souvenir du mythe de Sisyphe. Il doit déplacer un roc, mais ne le peut. Le rocher ne fait que grossir aussitôt qu'il y touche. Plus il déploie d'efforts, plus gros se fait le roc, et plus aléatoire. C'est à cause de ses efforts que le roc ne cesse de grossir. Une espèce de châtiment, semble-t-il — je ne sais plus. Mais quel est mon crime en ce cas?

Et comment un châtiment posthume pourrait-il m'atteindre dès maintenant, en pleine activité, en pleine vie? L'enfer renverrait-il en notre quotidien le reflet tremblant de ses lueurs? Je considère ma main, en chacun de ses fragments, et m'efforce de comprendre. Le pécheur pourrait-il dès cette terre endurer le supplice éternel, en son forfait même subir le triste salaire du mal — comme un jouisseur touchant à l'orgasme et à l'instant de la castration tout ensemble ? Est-il possible d'être vif et mort à la fois ?

Il y a là une discordance, comme si je pouvais être à la fois innocent et vaguement suspect. Au reste : si l'oubli était vraiment châtiment, comment pourrait-il frapper, de façon si générale, le coupable et l'innocent ? Comme si l'indifférence vis-à-vis du passé avait en soi constitué chef d'accusation suffisant. Et s'il n'est pas châtiment, d'où viennent donc les signes qui, insidieusement, le rattachent à la notion de faute ? La chose m'échappe en tout point. Combien la même question peut-elle donc appeler de réponses antinomiques ? La chose n'a rime ni raison. Mais c'est la réalité, me répliquez-vous tout bas.

Mais peut-être tout est-il fort simple dans le fond. Peut-être est-ce seulement l'oubli qui m'empêche de le voir. L'impossibilité de faire le point à propos d'L et mon incapacité à définir la tâche dont j'ai été chargé ont peut-être un rapport avec les insurmontables difficultés que j'éprouve à saisir clairement la nature de cette culpabilité insidieuse. Ces impossibilités sont peut-être bien les faces d'une seule et même chose, ou divers effets du même phénomène. Peut-être, là-dessous, une grande clarté s'enveloppe-t-elle de mystère, comme si, atteint d'aphasie, je me trouvais devant un message bien lisible, s'adressant clairement à moi, et n'arrivais même pas à voir que ce sont des mots, des mots qu'on a tracés sur le papier.

Comment aller plus loin ? La seule réponse que je trouve est tout de même : par le langage..., cette chose incompréhensible qui, à la différence du reste, ne se désagrège pas. En bonne logique ce sont les vestiges d'un verbe en train de se défaire que je devrais vous jeter au visage, en lieu et place de ce satané flux de mots qui ne cesse d'éroder davantage ce dont je parle, sans que le discours lui-même en soit le moins du monde appauvri. Il devrait avant tout m'être impossible d'atteindre le terme exact, le mot correspondant tout juste à ce que je veux exprimer : il devrait m'échapper en marmonnements équivoques. Mais quand vous le cherchez, alors qu'il n'y a plus rien d'autre, rien ne s'oppose à ce que vous trouviez le mot propre, rien ne vous interdit de maintenir en l'état une signification. Tout se passe comme si, au lieu de choisir les mots, j'étais choisi par eux. Sans retard, sans réserve, ils se rangent dans ma bouche entre ce fragment de palais et ma langue presque entière. Cette vaste mémoire, qui n'a pas de raison d'être, se souvient à ma place, et voilà que les mots me jaillissent de la gueule.

Je suis entraîné par un puissant flot discursif, qui me roule je ne sais où. Ici et là, je distingue l'écho de procédures inquisitoriales, le bruit de jugements en cours, de recherches, voire même de mises à la question. Comme si j'étais moi-même en cause dans l'enquête que je conduis sans douceur, que son déroulement ne soit plus de mon ressort, bien que j'en alimente sans savoir le mouvement.

Mon rôle n'est pas clair — c'est le moins qu'on puisse dire. Bien sûr. D'où lui viendrait l'apanage de la clarté ? Le vague goût de remords que j'ai dans la bouche n'est peut-être qu'une expression de cette incertitude après tout. Le flou de notre statut, la façon que nous avons d'être un peu en autrui font que j'éprouve parfois la mauvaise conscience de celui ou de ceux que vise la procédure. Mais j'en suis l'instigateur. Même si je ne sais pas à quoi rime le procès, ni ce qu'il est question de prouver.

Ce que je ne comprends pas, c'est que puisse en ce

climat d'oubli lénifiant paraître un sentiment de mauvaise conscience. Toutes les fautes devraient en bonne logique être absoutes, tous les crimes prescrits. Quelqu'un ou quelque chose serait porteur de mémoire en mon entourage immédiat, et ferait que ce sentiment me visite ? Ou le délit supposé est-il de telle gravité qu'il ait laissé des traces dans le langage lui-même, des stigmates de remords sur la trame verbale qui passe à travers moi et me dépasse ?

Mais, en ce cas, pourquoi suis-je directement mis en cause ? Il pourrait naturellement s'agir d'un crime commis sur mon lieu de travail, qui aurait rejailli sur moi. Mais pour quelle raison la faute retomberait-elle sur une seule personne ? Je ne puis guère attendre de mes propres instruments résultats plus précis que de nos ordinateurs. Et ils ne nous promettent rien d'autre que de nous débiter les impôts du voisin ou de nous faire interner pour une faute dont nul n'a la plus vague idée. L'individu n'a rien à attendre de ce système, sinon des malentendus, en principe. Me suis-je demandé pourquoi ? Le regard nouveau que je porte sur les choses me donne une indication, en tout cas. Toute interrogation sur un individu corrompt, en tant que telle, la réponse correspondante. La justice ne peut être qu'une fonction statistique, indéchiffrable en ce qui nous touche précisément, vous ou moi. Et sans doute faut-il en prendre son parti, si l'on veut éviter l'aggravation des troubles qui serait consécutive à la mise hors service pure et simple des terminaux. Il faut en tout cas à l'Etat qu'ils continuent à tourner, que dis-je, il faut de plus en plus confier aux machines le pouvoir de décision. Vu que les erreurs de détail ne sont pas de nature à brouiller l'image que présentent les systèmes centraux.

Il est donc bien naturel que j'aie été moi aussi un peu éclaboussé. Si la faute que je subodore a quoi que ce soit à voir avec mon entourage, il est fatal que tel ou tel indice oriente les recherches de mon côté. Ces temps de statistiques ne connaissent pas d'autre loi. Il me revient de passer ces indications aussi au peigne fin – aussi embarrassantes qu'elles paraissent – pour essayer d'en saisir la *réelle* portée.

Ce qu'il y a de plus clair, en apparence du moins, c'est cet étrange courrier qui me revient maintenant comme une rage de dents, dans une petite enveloppe, sale et chiffonnée, qui n'est pas d'aujourd'hui – et qui a de toute évidence tour à tour fait l'objet de lectures attentives et d'explosions de colère. Il porte mon nom et une adresse qui ne me dit plus quoi que ce soit désormais. Le cachet de la poste est naturellement illisible. Et pas d'expéditeur – il s'agit d'une accusation anonyme. Mais quel est le grief ? Tout ce qu'il y a dans l'enveloppe, c'est un bout de journal, avec moi en photo. Je ne sais pas bien pourquoi, vu que la photo a été découpée au ciseau, mais légèrement de travers, en épargnant tout en bas quelques bribes de mots que l'on peut lire comme : « la semaine scolaire qui vient de commencer ». Autant dire que durant une partie, peut-être la plus grande partie de ma carrière, j'ai travaillé dans les services administratifs d'une école, ou peut-être comme fonctionnaire de l'Education nationale. C'est ce que je suis peut-être encore.

Mon rôle n'est pas net, dans l'événement que commémore cette photo. Je pose en orateur, la main levée, le buste un peu penché en avant — en homme qui cherche à contenir son agressivité, de façon à être crédible, mais en même temps s'égare en une donne démagogique qui conjure et suggère, racoleuse. La bouche est entrouverte, le regard, tout occupé d'un dessein enjôleur qui dépasse les bornes de ce qu'un instantané peut fixer, est figé, au bord du grotesque. Mais où est l'accusation ? Celui que montre la photo ne saurait être associé à rien de délictueux, si ce n'est éventuellement aux manœuvres de la séduction. Serait-ce moi l'accusateur ? N'avais-je pas, dès l'époque, eu vent de la piste sur laquelle je travaille actuellement ?

Mais peut-être cette photo a-t-elle un autre intérêt. Elle est prise depuis la salle, en sorte qu'on y voit, outre l'orateur, la nuque des personnes assises aux premiers rangs. Ces choses ne datent-elles pas, à en croire les détails, des années soixante-dix ? L'orateur qui porte une chemise à col ouvert, les revers de la veste, je ne sais trop. Mais sans doute en saura-t-on davantage sur l'époque si l'on considère la coiffure aux boucles opulentes de la dame du devant. Ce pourrait bien être L. Sa place n'est-elle pas tout près de l'orateur ? Le mouvement de ses épaules traduit certaine réticence, comme si la parcourait un frisson de contrariété. Ce que je suis en train de dire froisse-t-il ses opinions ?

Un soupçon me serre le cœur : qu'Elle ait pu m'envoyer, anonymement, ce bout de journal. Mais l'envoi en question ne permet pas de comprendre comment je l'ai perdue, dans ce cas. Même pas si l'on devait y voir le symptôme d'un processus beaucoup plus général, de quelque chose que je ne pourrais, même si je le voulais, embrasser du regard. S'il y avait en moi une fêlure vraiment profonde, je ne pourrais la voir.

Ce qui me serre le cœur, à supposer que ce soit L qui m'ait envoyé ce bout de papier, c'est que l'envoi ait été fait anonymement. La chose ne s'accorde en rien à ce que je crois savoir de sa personnalité d'après le regret que j'ai d'elle. Ou devrais-je, d'après elle, savoir de quoi il retourne ? C'est douteux. Il devrait y avoir plus, quelque chose de plus que ces légères bosselures à la surface du papier, cette espèce d'écriture Braille. Mon Dieu ! Mais oui, le verso, ne l'ai-je donc jamais regardé ? On y trouve des traces distinctes, quoique pâlies, d'une inscription au crayon : « Comment serait... si mou ? » Oui, j'ai vu cette chose-là auparavant, c'est bien clair. Je ne m'en souviens pas, voilà tout. Après les deux premiers mots, il y a une lacune, un vide récent. J'ai précédemment pu lire ce qu'il y avait là, mais je n'en porte plus trace. « Comment serait... ? » — mais après ? « Comment serait-ce de vivre, avec toi qui es si mou ? » Non. Il ne peut s'agir d'un mouvement inspiré par la coupure de journal. Elle doit être antérieure, de plusieurs années, à notre... Comment dire ? Antérieure à « notre rupture » ? Est-elle restée là comme moi, sans savoir où se tourner, sans se souvenir de rien, a-t-elle tenté de passer sa violente amertume sur une tête de Turc ? Et sans rien trouver que ce pauvre vestige du passé ? Ou alors ma présence sur cette photo est-elle à mettre en relation avec un ensemble de choses que j'aurais perdues de vue ? « Si mou » ? En quoi serais-je mou ? Le personnage qu'on voit sur la photo est plutôt un peu trop agressif. De nouveau, sur mes traces, ce sentiment de culpabilité, à l'affût. Elle veut peut-être, par ces mots, insinuer que j'ai certaine complaisance à l'égard du pouvoir, trop de dispositions à agir en fonction de ce qu'on attend de moi, ou que je crois qu'on attend ? Et que je suis par la même complice de tout cet obscur processus ? Il faudrait que le Pouvoir l'ait voulu. Que sait L, dans le fond ? S'est-elle jetée dans le néant, sur la foi de suppositions sans motifs ? Ou a-t-elle vu quelque chose que je ne puis pas voir? Je me perds en conjectures.

Si je pouvais comprendre pourquoi se décompose chacun des phénomènes que je tente d'identifier, pourquoi toute tentative de conclusion s'égare... Est-ce parce que le passé a été effacé jusque dans votre dos? Que nous n'avons pas d'histoire? Comme si j'avais besoin de replacer les choses dans un cadre plus vaste pour être, par exemple, en état de lire l'adresse figurant sur l'enveloppe que vous voyez là, sur la table. Cette pensée est absurde. Mais je ne puis m'empêcher de chercher à tâtons une explication à toute l'incertitude, à toutes les contradictions qui apparaissent dès que mon regard se pose quelque part, dès que je cherche à établir quoi que ce soit. D'une certaine façon, la chose à tout de même rapport à l'amnésie. Et le mal qu'on éprouve à déterminer le rôle de l'oubli, en l'affaire, est un des aspects mêmes de l'oubli.

Si j'essaie de tirer tout le parti possible de ces pauvres archives, il y a encore un papier évoquant une notion de culpabilité, mais sans rapport avec moi, et au reste trop bizarre pour être à même d'étayer quelque raisonnement que ce soit. Il se trouve, tout simplement, dans la même enveloppe. Un demi format ministre, et si froissé qu'il semble avoir été, coup sur coup, roulé en boule et déplié. Il porte en outre une grosse tache, de thé ou d'urine, on dirait. Il n'y a là qu'un mot: « Traître! » On croirait volontiers une lettre anonyme, venant d'un chicaneur ou d'un malade mental qui aurait de surcroît compissé son papier — si cette écriture-là ne vous tenait son clair langage. C'est la mienne. C'est donc moi qui ai voulu adresser à quelqu'un cet étrange reproche, et selon toute apparence me suis retenu à temps. La tache qu'il y a là s'explique alors sans problème. J'ai dû être ivre au point de renverser mon verre. Mais en quoi a-t-on trahi? Est-ce une sorte de complice que vise l'accusation? Ou y a-t-il eu traîtrise sur le plan personnel? Le mot demeure vide de sens, à défaut de références.

Le plus étrange cependant n'est pas que j'aie griffonné semblable accusation à géométrie variable. C'est que j'aie conservé le document en question, et coup sur coup hésité à le mettre à la corbeille ou à le ranger de nouveau dans ma serviette. Qu'est-ce qui me retient de le jeter, en cet instant aussi?

Autre sujet d'étonnement. Il y a des guillemets autour de « Traître! ». Qui pourrait décocher semblable accusation en lieu et place d'autrui, ou en exprimant une réserve quant au choix du vocable? Un cuistre! Je vois bien que vous retenez votre souffle. Et je sens que vous m'obligez à tirer de tout cela une conclusion révoltante. C'est *moi* que concernait l'accusation que voilà, et je l'ai recopiée, d'un cœur méditatif ou amer. En prenant peut-être un verre ou deux par là-dessus. Mais qui a pu me désigner de semblable épithète ? Un correspondant anonyme ? Mais alors j'aurais plutôt mis de côté sa lettre. Un collègue de bureau ? La chose m'aurait échappé avant que j'arrive chez moi y prendre mon whisky. Chez moi avec mon whisky. L ?

Le carton bleu que voilà, que sans y penser j'ai pris, dans la crainte où j'étais de ce qu'il pourrait dire de plus de ce qu'L n'aimait pas... — on en a parlé n'est-ce pas ? Comme quand on est en train de sortir d'un rêve. On se croit déjà debout, et l'on s'aperçoit soudain qu'on est encore au lit. Non, nous ne *pouvons* pas en avoir parlé. Ces mots me font si mal que je m'en souviendrais dans ce cas. « Si tu pouvais te défaire, avant... » Je sais : si je pouvais me défaire avant qu'il soit trop tard de cette gueule figée de bureaucrate. Et : « perdu parmi... te conduire ». Perdu au milieu de ces montagnes de paperasses ? Non, ce serait trop peu dire. Entre mes divers engagements ? Peut-être. La lassitude qu'elle a à « me conduire » — en tout cas — est assez perceptible.

Mais si je suis victime d'un absurde grief, objet d'une accusation qui s'évapore aussitôt qu'on cherche à la connaître, comment la chose aurait-elle plus de pertinence que le reste ? Et comment pourrait-elle personnellement me mettre en cause ?

Regardez ce passeport, et dites-moi s'il ne ruine pas toute prétention à identifier qui que ce soit. Les deux lignes qui tentent d'agripper là-dedans patronyme et prénom n'offrent qu'un grouillement de lettres. Il se peut que çà et là j'entrevoie quelques bribes de ce qui serait mon nom, un K majuscule surtout, mais ne cessant de se fondre à celles de tous les noms qui cherchent à accéder à la lisibilité, et de faire des zigzags sur cet étroit ruban bleu. Idem pour le lieu et la date de naissance. Rien de constant, ou à peu près, que les deux premiers chiffres de l'année, un 19. Même grouillement dans les cases prévues pour la couleur des cheveux et la taille. Dans la seconde, il m'arrive de pouvoir distinguer un 160, ou peut-être un 190. Le dernier de ces chiffres est en accord avec la bosse que j'ai au front : je suis de ces gens dont la tête cogne périodiquement le chambranle d'une porte, et s'orne à l'occasion d'un pansement de conséquence, comme c'est le cas aujourd'hui. La croix marquant le sexe occupe aussi tranquillement la case Masculin, et ne pousse sur l'autre que deux ou trois de ses bras. Mais la paix règne surtout sur la petite photo couleur : l'os du front et la mèche, un morceau de pommette, la bouche au sourire prévenant autant que faire se peut en cette fragmentation. L'ombre portée d'autres visages sur celui-ci est discrète. Et c'est bien compréhensible — si c'est de mon passeport qu'il s'agit. J'ai l'air assez commun. On ne saurait me reconnaître d'après une photo. Il y a dans mes traits assez d'autres visages, mais trop peu d'identité pour qu'on m'accuse de quoi que ce soit. La terrible loi naturelle en vertu de laquelle toute explication en engendre une multitude d'autres sert cette fois-ci ma cause. Le passeport, interdisant toute réponse précise, me garantit le non-lieu.

Mais regardez donc là ! Les deux documents que voilà, agrafés l'un à l'autre, et qui paraissent vouloir se glisser dans le passeport, comme s'il les avait appelés au secours, en disent bien davantage. Ils ne plaident pas seulement pour ma libération en l'absence de preuves. Ils proclament mon innocence.

La première de ces pièces, c'est une photo de groupe, de gens en excursion, mais si pâlie qu'on a le plus grand mal du monde à discerner les traits de ceux qu'elle représente. Au centre, un homme de grande taille, une croix au crayon près de la tempe. Il pourrait s'agir de moi, d'après certaines lignes du visage, et cette croix vérifie jusqu'à un certain point l'hypothèse. Le reste de la compagnie a des airs vaguement connus, mais la plupart de ces gens ne me disent pas grand-chose. On dirait qu'ils sont rangés, en observant les règles d'un protocole suranné, devant une vieille bâtisse qui fait penser à la Russie du XIXe siècle. La cime trop blanche des arbres évoque de même les pâles vestiges d'un passé révolu. Si ces costumes, ces coiffures n'étaient bien d'aujourd'hui, on pourrait croire que la photo date du siècle dernier. Quant au motif de l'excursion, il demeure imprécis. Mais le second document nous propose, à point nommé, une piste. Oui, ce papier qu'un trombone attache à la photo. C'est une lettre que je dois vous avoir déjà montrée, puisqu'elle fait partie de mes pièces d'identité — c'est la lettre attestant que j'ai créé ce service : le directeur général, ou peut-être le ministre, y évoquait, n'est-ce pas, « une action hors pair dans l'Administration ». La photo prend un sens dans cette lumière-là. Elle représente l'ensemble du service en excursion. Que de si nombreux visages ne me disent quoi que ce soit, voilà qui se comprend parfaitement désormais. On est en compagnie de sa moitié légale ou de sa concubine, et l'on dévoile de la sorte non seulement le visage inconnu de ces dernières, mais certains aspects cachés du sien propre. On voit aussi de quelle façon la vie professionnelle empiète sur les loisirs : il y a comme un essaim de mouches au-dessus de la compagnie — souvenirs des dossiers laissés en plan sur les tables, lointaines sonneries de téléphone, sourdes récriminations du public s'inquiétant d'informations qui ne lui parviennent pas, et qui ne lui parviendront jamais. Et puis il y a là aussi les tensions dues au rang, et qui se rappellent à vous jusque dans le bain de foule d'une fin de semaine.

Voilà qui écarte de moi, de façon irrévocable, le soupçon que j'aie pu être complice de nos malheurs. Les grandes lignes du tableau dont j'occupe le centre sont faites, en effet, d'expectative prudente, d'une loyauté retenue, mais ardente, et d'une docilité qu'on dirait de louveteaux. Cette unité solide — en dépit des éléments étrangers qu'elle comporte — fait bloc et corps avec moi d'une manière qui serait tout à fait inconcevable si je prêtais le flanc à un quelconque grief de « traîtrise ».

Je pense tout à coup qu'L doit se trouver quelque part en cet harmonieux ensemble — et que, par conséquent, elle ne peut avoir lancé l'horrible accusation. Mais je n'ai aucun moyen de la reconnaître — voilà tout. Près de moi, d'un côté, il y a bien une femme. Mais elle est engluée d'une guimauve d'amourette pour l'homme un peu plus jeune à qui elle est pendue. De l'autre côté — un vide. C'est drôle : on dirait que, dans cette compagnie, plusieurs personnes jettent, vers ladite lacune, des regards dérobés, l'air interrogateur et presque consterné ; qu'elle vient d'apparaître, ou qu'une personne qui *devrait* se trouver là vient juste d'en troubler l'ordonnance intérieure par son comportement capricieux. Il se peut que la photo ait été prise alors qu'L venait tout juste de me quitter. L'ombre de gêne qui flotte sur certains regards pourrait alors être le fait de ceux qui ne l'ont appris que ce soir-là. Mais elle peut aussi, agacement ou dépit, m'avoir fait faux bond tout à coup. C'est le plus vraisemblable, à tout prendre. La brune du premier rang ? Ou alors la blonde, de l'autre côté, à l'arrière-plan — à qui la fureur plisse le front ? Les regards d'étonnement désignent dans ce cas la place où elle *devrait* être, au nom des règles élémentaires de la solidarité.

L'une des choses qui frappent, dans le tableau, c'est la ressemblance qu'il y a entre bon nombre des visages. En plusieurs cas la chose trouve son explication : il s'agit de conjoints, qui tiennent l'un de l'autre pour s'être des années faits aux grimaces de l'autre, installés en ses rictus, noyés en ses fureurs à l'égard des ruses de l'existence. Mais les similitudes dépassent largement le cadre de ces duos. Il s'agit là de gens qui ont travaillé longtemps dans le même service, et ont peu à peu appris à cheminer ensemble, des années durant hoché du chef d'un air entendu, l'un appuyé sur l'autre, au spectacle de la sottise toujours plus grande du public. La nature de leurs fonctions ne ressort pas mieux que de ma lettre. Ici encore on ne sait trop de quoi il retourne. C'est d'une structure qu'il s'agit, savoir un agencement, des relations, un rendement. La photo en question administre la preuve que j'ai, en dépit de tout, réussi à sauver l'unité de mon service. Que l'empire de l'oubli soit aussi vaste qu'on veut, aussi vagues et embrouillées les voies par lesquelles on va chez soi ou au travail, voilà tout de même des gens qui ont su, par souvenirs sensoriels, rejoindre les lieux où s'est affirmée, au fil des ans, la ressemblance entre collègues.

Je crois pouvoir m'en sentir un peu ragaillardi. Cette communion-là est tout de même une ressource, une structure qui étaie la personnalité en voie de désagrégation, et en maintient en place les débris. Les épaves que je conserve dans mon porte-documents me permettent, voyez-vous, de reconstituer des pans relativement importants de l'univers où je vis.

Un autre élément latent, dans cette photo de groupe, contribue à me mettre définitivement hors de cause : je veux parler du rendement. Une expression d'impatience un instant contenue est inscrite sur ces visages, reflet de l'activité quasi fébrile qui règne dans toute la maison. Cette intense application constitue un indice — si vous voulez pragmatique — de notre innocence à tous. Les fondements d'une action si vivement conduite ne sauraient être mensongers.

Je ne veux pas dire par là que les activités du service soient exemptes de toute forme de contradiction — comment la chose se pourrait-elle ? Il y a naturellement dans ce déploiement d'énergie bonne part de désarroi. De ce côté-ci de ma porte a été accroché un dessin humoristique — celui du capitaine télégraphiant chez lui, à l'adresse de l'armateur : « Completely lost but making good speed » — et je ne trouve pas là de quoi rire.

Mais c'est là un sujet que nous n'abordons pas. J'hésite à demander autour de moi à quoi rime notre travail, et le mien, en l'affaire. Même si je vois bien qu'il en va de même pour mes collègues, qui paraissent désireux de se renseigner auprès de moi sur *leur* rôle. La chose est si gênante que nous la laissons en l'état. Le sentiment très vif — aussi peu fondé soit-il — que je suis un filou me retient de rien dire. C'est comme si le seul fait de poser la question allait me trahir, en escroc arrivé par les toits ou entré par la cour, en charlatan aux poches bourrées de toutes sortes de rôles, évasif, et qui se multiplierait par quatre dès qu'on le fixe du regard.

Ce n'est pourtant qu'*un* aspect des contradictions

qui caractérisent notre travail. Je voudrais vous en montrer un signe plus général – et je trouve les petits cousins. Oui, c'est le nom qu'on donne ici à tous les parents et camarades de parti qui se pressent à tous les niveaux de l'appareil, sans études supérieures ou autres qualifications spécifiques, mais parce qu'ils sont enfants ou alliés de telle ou telle personnalité de premier plan. Ce sont ces petits cousins qui grouillent dans la maison, se précipitent à l'envi, se bousculent, et sont cause de cet incessant bruit de pas. Que j'ouvre d'un coup ma porte, il en déferlerait tout un paquet ici, présentant peut-être bien une figure acrobatique, juchés sur les épaules et les genoux les uns des autres. Et je ne serais pas le moins du monde étonné d'en trouver deux ou trois endormis parmi mes livres, un dossier en guise d'oreiller sous la tête.

Ne vous méprenez pas! Je ne suis pas de ces cuistres qui froncent le sourcil si l'on ne justifie pas de titres universitaires, ou allez savoir quoi. La compétence, n'est-ce pas, c'est une tout autre affaire. Non, ce que je veux vous faire voir, c'est l'opposition qu'il y a entre ce système – que j'allais qualifier de naturel – et les servitudes de fait auxquelles il est soumis. Il est en soi concevable qu'on en revienne au besoin à une syntaxe éprouvée, et que l'on intéresse à ses activités, pour un moment au moins, d'anciennes connaissances – surtout quand les liens du sang vous attachent. Il s'agit toujours, néanmoins, de donner plus d'assise à des desseins assez flous. Les milieux influents semblent considérer avec beaucoup de faveur les fonctionnaires nommés par pur politique, et qui, d'après divers signes, se mêlent de nos affaires. Tenez, j'ai là sous la main une note de service à ce sujet. Il y est dit que la délégation de signature consentie par tradition aux employés que nous sommes « contrevient à la démocratie » ; les « experts » du ministère nous arrivent dans les flancs pour infléchir toute chose « dans le sens de la volonté populaire ».

Voilà qui ne tient pas debout. Le seul fait de penser à de tels « experts » est déjà, en soi, absurde. Ils interviennent dans le processus de décision d'un clignement de l'œil aussi distrait que celui du ministre lui-même, d'un regard vitrifié de chiens de porcelaine ambitieux, et avec l'écran de l'idéologie collé à la pupille. C'est là une tentative de confier indirectement le pouvoir aux ministères, le même tâtonnement sans prise sur les choses, le même air absent de gens qui savent comment le monde *devrait* aller.

Mais le point le plus décisif, qui nous fait mettre en cause de façon plus spécifique les politiques autant que les petits cousins, c'est naturellement l'impossibilité de tout contact. On introduit au sérail ce qu'on croit être son enfant ou un camarade de parti, et voilà que l'instant d'après on l'a perdu de vue, oubliant toute l'affaire, pour ne plus éprouver qu'un léger coup au cœur quand il vous traverse du regard. C'est là une tentative pathétique d'accéder à la sécurité et à l'ordre, de maîtriser le chaos — et cette ambition même engendre le chaos. Les petits cousins anonymes illustrent cette contradiction.

Cette nomenclature grouillante et sans visage est en même temps le foyer des intermèdes dramatiques auxquels nous nous trouvons à chaque instant exposés. Maintenant, à l'instant même, je sens que nous sommes aux aguets, tout le long du couloir. N'importe quand, l'un de ces individus entre deux âges et à la démarche énergique aura peut-être quelque part pris pied dans la maison et ira de l'avant, au mépris des règlements, de la jurisprudence et de nos supérieurs — peut-être au nom d'une enquête à conduire de toute urgence, et considérée pour l'heure comme de la dernière importance —, imposera de la sorte, le temps d'un après-midi, sa dictature au pays, pour devenir le même soir, dans le journal télévisé, le héros, point trop velu, de ces dames. Tout cela pour se voir le lendemain refoulé par les concierges, qui ne le reconnaîtront pas, et que ses prétentions feront étouffer de rire.

Vous attendez à bon droit que j'en arrive au fait. Les petits cousins sont un signe. Ils me demandent : « Et toi ? » Je n'ai pas l'intention de m'embarquer maintenant dans une polémique sur mon identité. La question : « Qui es-tu ? » ne m'intéresse pas. Elle ne l'a jamais fait, je crois. Je suis trop pragmatique. On se fond dans ses œuvres, on fait un avec elles. Mon visage — si j'en ai un — est celui que dessinent, invisible mais présent, ce que je fais et ce que je cherche.

Non, la question est de savoir ce que le signe qu'ils font nous apprend de mes actes, des valeurs qui m'inspirent et de ces recherches qui sont devenues toute ma vie. Je ne suis pas sûr qu'il y ait à en tirer grand-chose. Je suis plutôt un employé un peu vieille école, avec en matière de service public un idéal dont je n'ai plus le moindre souvenir, mais que montrent bien mes faits et gestes — celui même que viennent d'illustrer mes réserves à l'égard du népotisme, autant que le déplaisir que j'ai à voir les héros de la mémoire courte régner en dictateurs, le temps d'un après-midi, au mépris de la loi et de la jurisprudence. Ce qu'insinue la question, c'est que le bois ancien dont je suis fait a pourri. Oui, il y a là-dedans un peu de vrai. En fait, les petits cousins me font courir dans la moelle un frisson de regret. J'aurais moi aussi aimé être entouré de mes enfants, travailler avec eux, et les sentir se faire les catalyseurs de changements nécessaires et peut-être même possibles. Aurais-je hésité à leur ouvrir en contrebande le champ de nos travaux ? Sous le signe des petits cousins, je découvre en moi-même une tendance à absoudre les petits abus de pouvoir, les petites malhonnêtetés, les demi-vérités que l'on se permet dans les milieux influents, d'abord, peut-être bien, pour atteindre plus facilement un résultat concret, mais bien vite en ne cherchant que son propre intérêt. Je découvre soudain que je triche moi aussi — quel autre nom donner au fait que je poursuive ces recherches personnelles durant mes heures de service ? Serais-je en réalité complice d'affaires douteuses, dont je ne me souviens pas, ne veux pas même me souvenir ?

La sectorisation ! Tandis qu'une partie de mes facultés s'acquitte très scrupuleusement des tâches qui m'incombent, une autre erre peut-être par des voies équivoques. En ce cas, ce n'est pas là de la tartufferie, mais plutôt un exemple du dédoublement moral de notre société. Il est tout simplement impossible à la main droite de savoir ce que fait la gauche, de même que dans un service on ne sait rien de l'autre. S'il y avait eu moyen de trouver des passerelles! D'une certaine façon, cette schizophrénie a quelque chose à voir avec l'oubli. Seulement je n'arrive pas à savoir comment.

Non, c'est trop simplifier. Je ne suis pas seulement un être de duplicité, de contradictions. Je suis incompréhensible, équivoque, évasif, précisément parce que j'admets d'être un point de mire. N'allons pas croire que nous pouvons nous définir, ou dire ce que nous faisons.

Ce qui reste ? Une chose fort simple et tout à fait tangible, mais qui n'en est pas plus explicite — ce bout de tuyau métallique au milieu des papiers, dans la poche principale du porte-documents. L'un des meilleurs indices du crime supposé, dont la notion s'attarde, mais s'évapore en autant de fantasmagories sous les regard ? Mais non, il n'en peut mais. Il a seulement mouillé et taché de rouille quelques-uns des actes qui, d'aventure, se rapporteraient à l'affaire. J'ai dû le dévisser ce matin à la cuisine, avec l'intention de l'emporter chez le plombier pour y faire monter le robinet qu'il faut. Oui, je présume que la plupart des gens de mon espèce doivent être obligés de se faire menuisiers, peintres et plombiers, à temps perdu. Ce bout de papier, qui porte la référence de je ne sais quelle couleur entre sable et coquille d'œuf vous présente un aspect de cette réalité.

Oh oui ! Evidemment, j'ai coupé le compteur. Je comprends ce que vous pensez, mon Dieu ! Après s'en être agacé quelques heures durant, on descend à la cave remettre l'eau. La conduite est béante, elle inonde ma cuisine ! Il me faut tout de suite... Oui, mais quelle cuisine, quelle maison, et à laquelle de toutes ces adresses possibles et impossibles ? Je ne sais qu'une chose : le temps presse.

Mais au fond qu'avais-je donc à voir avec la réparation du robinet ? C'est l'affaire du concierge. A moins que je ne sois propriétaire de l'appartement que j'occupe. Mais la chose est impossible, vu que la vie itinérante que je mène m'interdit tout engagement financier de cet ordre. Je ne m'en sors pas. Je ne m'en sors pas, voilà tout.

Oubliez donc tout ça ! me dit votre silence. Mais je ne fais rien d'autre ! Autour de moi s'étendent, toujours plus vastes, ces plages blanches...

Mais ce satané tuyau, qui signifie tout et rien, je l'ai tout de même pris quelque part, sans en avoir gardé souvenir. Je suis parfaitement capable d'arracher un élément vital à son... Non, ce n'est pas ce qui compte. Je suis parfaitement capable de mettre entre parenthèses le contexte, en me persuadant que je puis malgré tout m'occuper du détail qui subsiste. Suis-je même capable d'aider à abolir toute l'histoire ? C'est seulement que je ne comprends pas ce mot.

Cet étrange bout de tuyau ne se prête, seul, à aucune explication, en tout cas. Il nous ferait plutôt croire que le sens dépend du contexte. Est-ce bien vrai ? En ce cas, l'instant présent ne serait pas le libre point de départ que nous définissons à loisir. C'est alors tout le contraire. Le présent est un trou perdu, un village de province, qu'on ne peut se représenter que par la place qu'il occupe au sein d'un royaume plus vaste. Est-ce là ce que signifie ce mot désuet : « histoire » ?

Est-ce que je n'avais pas là un vieux bulletin scolaire ? Il devrait pouvoir m'aider à faire de l'étymologie. « Histoire et instruction civique : Très Bien. » L'appréciation renvoie aussitôt à *son* contexte. Au schéma ci-joint, d'abord — les résultats de la classe —, statistique primitive et qui vise à montrer ce que la note a d'unique. Mais ce bulletin renvoie avant tout à quelque chose qui se trouve au-delà de ce cadre. Quel est le motif de tant de zèle ? Il n'y a dans cette contention nul relent d'arrivisme. Il s'agit plutôt, dirait-on, d'une curiosité irrépressible, d'un désir de connaissance, ou d'épanouissement, qui seraient aujourd'hui presque incompréhensibles, voire même un peu choquants. Mais cet énoncé de performances témoigne en même temps d'un sens très aigu du devoir accompli, de l'élan anxieux par lequel une ambition dirige toutes les ressources vitales vers certains objectifs qui ne sont pas spécifiés — formulés apparemment avec grande autorité, mais sans qu'on sache de quel droit. Obscurément.

Mais ce bulletin a aussi un autre voisinage. La bordure a noirci, montrant qu'on l'a gardé, replié, entre les pages d'un ouvrage de format légèrement inférieur, ce bloc-notes sans doute, oui, il entre tout juste dans le petit carnet à tranche rouge. Sur la première page, il y a : Livre de rêves. C'est beaucoup dire ; on n'en trouve ensuite qu'une esquisse. Le rêve noté en première page est suivi de notes éparses, sur les sujets les plus divers apparemment. Mais ce seul compte rendu me donne tout à la fois le sentiment d'y voir clair et d'être en train d'étouffer. Il doit remonter à un an, ou à quelques années après que j'ai passé le bac.

« Rêvé que j'étais de retour dans la salle de classe. Tous assis sur leurs bancs, à leur place, comme avant — rien qu'un peu plus âgés. On vient apparemment de nous dire qu'une salle est vide ; qu'on a donc invalidé les dernières épreuves du bac, et appelé les élèves de classe terminale à redoubler. Nous sommes tous là — étudiants en médecine, juristes, élèves-ingénieurs, élèves-officiers — à ruminer ce coup du sort, mais sans en discuter la logique. Bien sûr une salle de classe ne doit pas rester vide. Sur l'estrade, un professeur qui a des airs de guenon se frotte les mains, et, lentement prononce sur un ton aimablement insultant : "Quelle question allons-nous bien poser à Kervell afin de voir s'il mérite pour de bon ses bonnes notes ?" Sur toute la terminale ramenée à ses bancs flotte une forte odeur de poussière. L'odeur de la poussière et le grincement sans fin de la craie — bien qu'il n'y ait personne au tableau. N'avais jamais compris que je haïssais tant l'école. »

Je n'ai bien sûr gardé aucun souvenir de ce rêve, mais j'éprouve un fort sentiment de déjà vu. Non, ce n'est pas le rêve, mais ce qu'il insinue, qui me semble familier. Car il laisse entrevoir que notre administration obéit au principe selon lequel les salles vides commandent l'activité. Quel perfide grief ! A défaut de modules soigneusement préparés pour que notre agitation s'y épanche, nous serions en proie au chaos.

Mais un déplaisir plus fort m'envahit peu après, comme le choc qui suit de quelques secondes la prise d'une grosse chique. Au fond, ce rêve n'a rien à voir avec ce que nous vivons aujourd'hui, pas directement du moins. Le sens est à en chercher dans l'agressivité qui transparaît à la fin. Mais à quoi s'adresse cette haine ? C'est comme si l'école représentait l'histoire — une prison, une maison de travaux forcés qui va vous retenir dans les vestiges du passé, vous contraindre à répéter les mêmes absurdes performances que naguère, en je ne sais quelle insignifiante occasion. L'histoire, qui a été un jour le premier centre d'intérêt de ce garçon, est devenue son impérieux cauchemar. Il en est le captif. Jusqu'où n'ira-t-il pas pour être tiré de son sommeil ?

Il se peut que je fasse trop grand cas d'une annotation isolée. Mais il est sûr qu'elle atteste d'une haine irraisonnée à l'égard de la vieille école. Je n'en avais pas souvenir, et la chose m'étonne de la part de quelqu'un qui est tout de même, on dirait, une espèce de fonctionnaire de l'Education nationale.

Peut-être ne peut-on aller plus loin sur ce chemin. Je ne crois pas qu'à jouer encore avec des concepts on obtienne rien de plus. Je ne puis non plus croire que je porte la responsabilité directe de quoi que ce soit : les griefs qu'on me fait viennent de toute évidence de ce *j'aurais pu* être au nombre des coupables. Mais on ne saurait exclure que j'aie assisté à la chose, que j'aie été témoin du fatal processus qui nous a ensevelis à ce point dans l'oubli, et que je n'aie rien fait, rien de ce qui était de moi pour prévenir ce malheur, tout simplement parce que je ne me rendais pas compte du danger.

Je ne m'en rendais pas compte ? L'expression n'est pas passée, m'est restée dans la gorge. Je n'ai pas eu quitus de ces mots-là. Comme si les recherches en cours tendaient à en venir un peu plus loin à mon sujet. Oui, j'aurais dû m'en rendre compte, mais il y a quelque chose de plus fort que le savoir. Il n'existe assurément pas de directives sur ce point, pas d'instructions quelconques. Elles auraient d'ailleurs été parfaitement inutiles. Je sais être loyal, et ce qu'on attend de moi. Je m'en suis peut-être rendu compte, mais ce que j'avais à faire, je le savais. Et ce que j'avais à ne pas faire. Est-ce ma loyauté qu'on me reproche ? Le monde est assez absurde pour que ce soit le cas. Mais j'insiste sur le fait que j'ai gardé les mains propres.

Ce satané bout de tuyau a en tout cas gâté l'un de mes irremplaçables agendas. Il n'en a pas seulement écorné les pages, regardez, mais noyé l'encre noire, en sorte que l'ensemble est en grande partie illisible. Sur les pages que voici, qui ont collé au tuyau, on ne distingue que quelques lignes. Le mot « Fait » se détache ; quelque important projet auquel j'ai travaillé a été mené à bien, on dirait. Puis en guise de pense-bête, en haut de page, un vendredi : « Voir si les documents de travail peuvent être jetés. » Bizarre. C'est à moi que devrait s'adresser la question, dans la position où je suis. Il y a naturellement des directives précises sur ce qui doit être gardé. C'est seulement que je n'en ai pas le plus vague souvenir, pas plus que de l'endroit où je pourrais retrouver le dossier contenant les directives en question. Le processus avait-il déjà pris tant d'ampleur que je n'avais plus de repères ? Ou alors ces documents auraient-ils été de caractère spécifique ? La chose est peu probable. Il est vraisemblable que je les ai mis à la corbeille, mais il peut en rester quelques-uns çà et là, à l'image des vestiges qui se trouvent toujours dans ce porte-documents...

Il faut que je sois resté un bon moment sans rien dire. Je sens avec quelle insistance vous me dévisagiez, tandis que je restais là à flotter dans le néant. Ce monde précaire n'est plus. Vous devez avoir compris ce qu'il en est depuis longtemps, peut-être même essayé de me le faire remarquer. Mais j'étais tout simplement trop absorbé en moi-même pour capter ces discrets signaux. Depuis quand avez-vous compris ? Depuis quand savez-vous que mes recherches ont touché il y a bien longtemps à leur terme ? Et quc, dans ma lassitude, j'ai dès lors tourné en rond, foulant mes propres traces sans m'en apercevoir ? Mon rapport a peut-être contribué au processus, favorisé ce que...

Non, attendez, je vous prie. Je suis tout de même passé d'un extrême à l'autre un peu vite. Les griffonnages pâlis de cet agenda évoquent, certes, une mission depuis longtemps achevée, mais il y a d'autres signes — votre visite, par exemple — qui donnent à penser que des recherches continuent. Cette situation se prête à une explication assez simple : il s'agirait d'enquêtes différentes. Mais je sens, sous la pression de l'engrenage où je suis pris, qu'il s'agit d'autre chose, de plus désagréable à comprendre. Les recherches sont tout ensemble : arrivées à leur terme, proches de celui-ci, bloquées, abandonnées — et n'ont jamais été ordonnées. Toutes les issues se présentent sous un jour aussi clair. Je suis tiraillé en tous sens, dans des directions opposées, comme soumis au vieux supplice de l'écartèlement entre quatre chevaux, sous le regard des corbeaux qui attendent à vingt pas. Sans référence au passé, ce qui touche à l'individu ne se prête à aucune interprétation précise. Je commence à soupçonner que l'histoire est ce qui permet le déchiffrage.

A ma soudaine confusion, j'observe que le problème qui me tourne dans la tête n'a rien à voir avec la ruine inattendue de mes recherches, ni même avec ce qui en est la conséquence, savoir que l'instrument que j'avais de *la* retrouver vient de partir en fumée. Ce qui me préoccupe, de la façon la plus irrationnelle qui soit, c'est la question de savoir comment je puis être là à pignocher de la sorte, compte tenu des fonctions apparemment élevées que j'occupe. Ce travail de secrétaire ne serait-il pas mieux le fait de jeunes loups à mi-course ? C'est comme si, au même instant, je vivais en divers temps.

Autre chose ? Ne suis-je pas, à la fin, promis à ne rien connaître de ce qui seul m'intéresse ? Peut-être pas vraiment. Chaque fois que j'essaie de ressaisir Ses traits, ils se fondent en bien d'autres. Chaque fois que je tente de me rappeler Sa voix, une vague rumeur de voix me parvient. Mais cette multiplicité n'est pas seulement mon échec — il s'y inscrit aussi les signes dispersés de Son nom. Car tous ces visages, fragments de corps en sueur et jetés pêle-mêle, voix qui se perdent de toutes parts — forment confusément le signe qui la désigne. Ces pas de femmes qui se croisent vivement sur le trottoir, là-dehors — ce sont *les pas,* et passe à travers moi un orage de grêle amoureux. Quelques éclats de rire épars, presque à vif, dans le couloir — une dépêche mal codée venant d'un pays lointain, un souriant message qui me laisse la bouche sèche. Ce sont Ses traits abolis que le monde me donne à lire.

Oui, je lis. Mais y a-t-il une façon quelconque de l'approcher ? De l'atteindre du moins de je ne sais quel signe ? D'autres voies à explorer ?

Oui, peut-être, après tout. Il y a quelque chose qui ressemble à la prière, ou à la conjuration, peut-être bien. Au tréfonds de cette moelle bureaucratique je pressens que l'essentiel, finalement, n'est pas tant le diagnostic, toujours aussi illusoire, que l'irruption du verbe au sein d'une réalité inaccessible en son principe. Et la langue politique et administrative est l'instrument le plus sûr de qui veut faire advenir par incantation un changement en notre pitoyable condition. L'essentiel, en cet idiome, c'est bien évidemment son pouvoir symbolique, dont les effets s'étendent depuis la sphère triviale où il se développe jusqu'aux lointaines contrées de l'intangible.

J'essaie de me souvenir de ce qui doit tout de même être la première de nos fables, celle de l'Enfant prodigue. Elle illustre mon propos. Je crois, si je ne m'abuse, qu'elle est aujourd'hui le prologue de la Constitution, mais elle a un air ancien, qui laisse supposer qu'elle a été reprise aux antiques lois provinciales. Voici, en gros, ce qu'il en est :

Le père se dispose à sacrifier le veau gras, ce qui chagrine le bon fils, en sa mauvaise conscience. Il n'attend que d'apercevoir l'enfant perdu au portail. Mais voilà que le vaurien ne se présente pas, et il s'agit alors — passez-moi l'expression — de l'amender à distance, de « le faire entrer en d'autres dispositions » est il écrit. Notre homme, dans ce dessein, tracasse de toutes façons celui de ses garçons qui est resté sagement à la ferme. C'est à force de punir et de contrarier son rejeton le plus brave, un peu trop bonne pâte, qu'il soumet aux vertus miraculeuses du symbole la branche corrompue, mais tout de même moins pâlotte, de sa progéniture : celui de ses fils qui, usant des ressources que lui offrent tant la géographie que l'émotivité, se dérobe à une argumentation plus concrète.

Oui, je ne dirai rien des applications variées que l'on a pu tirer de cette parabole — vous les connaissez comme moi, ou les avez oubliées aussi bien que moi, allais-je dire. Il en résulte pour ma part que ce langage à rallonges me permet de poursuivre des recherches qui tombent en quenouille, en parcourant les papiers qui ont pu d'aventure rester à ma portée, et de tendre vers celle que je ne puis atteindre en mettant le grappin sur celle qui me tombe sous la main.

Je crois par conséquent qu'il serait faux de ne voir dans les tentatives de mariage dont j'occupe mes soirées je ne sais quelle sorte d'autopsie érotique, où l'on met sens dessus dessous le partenaire, et en passe au peigne fin nerfs et veines dans l'espoir de retrouver là sa moitié perdue. Nous nous écartelons, nous reniflons à l'envi, il est vrai. Mais l'un à travers l'autre, et avec l'aide de l'autre, nous tendons en même temps vers ce que nous ne pouvons atteindre d'autre façon. Les lèvres qui glissent le long de la ligne d'un cou, la langue qui trace une ligne allant de la crête des hanches jusqu'au creux de l'entre-jambes ne cherchent pas seulement à retrouver je ne sais quoi — et à prendre acte là d'une déception trop probable. Mais il y a là aussi une lettre d'amour, écrite sur ce corps étranger à quelque destinataire que ne touche nulle caresse et que n'atteint nul cri, une lettre assez pleine de désespoir aussi, en son lointain point de chute, pour se muer en autant de signes d'un doux éveil sur cette peau imminente. Ainsi donc vais-je au lit avec ma femme d'occasion, m'ouvrant un chemin d'amour vers celle que je ne puis joindre, et lui glissant à l'oreille, d'une bouche toute proche, des mots adressés au loin, des mots qu'Elle *doit* entendre. Il en va de la sorte, cette méthode existe, elle est en usage chez nous. Documents, argumentation, conclusions, tout s'est anéanti, est tombé en poussière, s'est défait en mensonges. Mais l'union symbolique, la présence lointaine, cette lamentation au mur des lamentations — les voici.

Avec une minute de retard je prends conscience de ce que je dis — échappant de la sorte, peut-être au dernier instant, à un malentendu formidable. Je vous parlais du fils loyal qui reçoit les coups de fouet qu'on n'est pas en état de prodiguer à son frère. Mais, mon Dieu, je suis peut-être bien un de ces boucs émissaires. L'honnête homme de service qui était de faction quand se sont enfuis dans les replis multiples de l'oubli tous les collaborateurs et autres Quisling. L'Enfer a peut-être bien englouti un innocent, à défaut d'avoir pu découvrir les coupables.

Oui, il y a bien sûr un autre passeport, mais sans le moindre intérêt pour ce propos. La chose fait même tache dans ce que je viens de dire. Vous ne m'avez pas entendu ? Le passeport en question est au reste périmé depuis des dizaines d'années. Il n'a rien à voir avec L, c'était bien avant son temps. Comment pouvez-vous donc croire qu'il ait tant d'importance ? Tout ce qu'on peut en dire est qu'il a appartenu à une femme, ma première épouse sans doute, qu'il a été établi en 1955 à Stockholm, puis été annulé, il semble, dix ans plus tard, lors de la délivrance d'un autre passeport. Voilà qui nous en apprend moins que rien. Le nom a été gratté, tout comme le visage sur la photo, pas méthodiquement, non, mais sous l'empire de la colère ou d'un chagrin mal contenu. On ne voit dans ce gribouillis qu'un pan de cheveux mi-courts. « Blond moyen » dit le passeport ; aucune autre couleur ne veut de cet innommable statut. La couleur des yeux est inconnue, un crayon, en cet endroit, a crevé le papier à maintes reprises. Il y a là peu de tampons. Le premier est italien, de 1955. Un voyage de noces peut-être. En ce cas le mariage doit avoir duré plus de dix ans, vu que le passeport, après annulation, demeure en ma possession. A supposer qu'il s'agisse bien de mon ex-épouse. L'état du document évoque en toute hypothèse une relation qui a des allures de catastrophe, inscrite en une décennie sur laquelle on voudrait plutôt tirer un trait, après tout. Heureusement qu'il n'y a pas d'enfant à l'horizon. Aucune inscription en ce sens sur le passeport bien sûr — il est trop tôt. Mais les documents dont je dispose n'en offrent non plus aucune trace : je ne vois là ni reçu de pension alimentaire, ni lettre à écriture anguleuse, ornée de dessins de la petite chaumière où habite une toute petite vieille. Je ne sais quoi — c'est peut-être un léger relent de bile — me dit qu'on n'a pas eu d'enfants. C'est une affaire classée, une question sans importance.

Comme vous y revenez ! Ce passeport, qui n'est pas à moi, ne présente d'autre intérêt que de nous amener à poser la question : comment se fait-il qu'il se trouve en ma possession ? S'il en est bien comme nous venons tout juste de le dire, à savoir que j'ai oublié mon porte-documents en un de mes nombreux « domiciles », et n'ai pu sauvegarder que les bouts de papier qu'il y avait dans mes poches, en je ne sais quel tiroir au bureau, etc. — pourquoi diable serais-je actuellement en possession de cet extravagant passeport ? Ce n'est vraiment pas le genre de document dont on ne se sépare pas, ou qu'on peut avoir voulu mettre en sûreté. Au contraire, je ne veux même rien connaître de l'époque dont il porte témoignage ! Est-ce que j'aurais une fois retrouvé mon chemin — celui de mon vrai « chez moi » — et eu l'occasion de compléter mes archives, peut-être de rencontrer... ? Non, la chose est impensable. Je n'aurais en ce cas rien eu de plus pressé que d'en noter l'adresse, et ne me serais départi pour rien au monde du bloc-notes. Je n'aurais surtout pas tiré d'où il était ce vieux passeport. A-t-il pu m'être envoyé de l'une de mes adresses d'occasion, où je l'aurais oublié ? Un passeport périmé ? C'est à peine pensable. Et puis à quelle adresse l'aurait-on envoyé ? Non, la conclusion est claire. Il est tout simplement impossible que j'aie perdu le porte-documents. Il me reste encore là trop de papiers insignifiants pour que semblable éventualité soit plausible. Mais celui que voici est pratiquement neuf, d'autre part. Et l'agenda n'a servi que depuis quelques semaines — auparavant il est blanc. Il y a là un vrai conflit, une lacune incompréhensible que je n'arrive pas à combler. Et pour cause.

Je crois en tout état de cause qu'on peut, au moins sur ce point-là, réduire le volume du dossier. Que le passeport peut rejoindre sans autre forme de procès la corbeille. Laissez-moi seulement vous le tailler en morceaux. Voulez-vous me faire passer... Attendez ! Un tout autre visage vient, un dixième de seconde, de briller entre les pages qu'enferme la reliure noire, trop vite pour que je puisse en distinguer les traits, mais dont il émanait un air d'indépendance — non de calme souverain, d'intégrité plutôt, timide, et infrangible à la fois. C'était quelqu'un de tout autre que la personne au nom de qui on a établi le passeport. Comme le négatif qui apparaît quand on détourne le regard après avoir longtemps fixé une photo en noir et blanc. Et du même coup c'est la certitude que voici : les enfants, les nôtres, une fille, c'est assez clair, un garçon peut-être aussi. Cette chose de rien m'apporte, avec toute la force qu'enferme son contraire, une indication essentielle sur Louise et nos enfants, sans que j'aie même posé une question. Est-ce même pour de bon que j'ai jeté un coup d'œil sur ce passeport ? Est-ce que tout se joue là-dessus ? Je crois bien que je comprends pourquoi vous insistiez tout à l'heure. J'étais parti du principe que ce passeport n'avait pas le moindre intérêt, et c'était sous l'empire d'un ressentiment qui couvait. Le seul avis recevable est qu'on ne sait jamais.

Est-ce que ce n'est pas ce que nous étions en train de dire ? N'avons-nous pas établi que c'est dans le mouvement qui nous porte à préciser que s'accroît l'indécision ? Comme si la tentative même de vaincre l'oubli allait nous engloutir sous une inodore chape blanche. Et la langue s'y prête, oui, elle est même l'instrument dont j'approfondis mon désarroi.

C'est à force de rien fixer qu'on a une chance d'y voir — en va-t-il de la sorte ? Comme, dans l'obscurité, quand se pose le regard juste à côté de ce qu'on veut discerner. Ne vous ai-je pas dit, il y a un instant, avoir perdu toute trace des enfants ? J'ai selon toute apparence pu en venir à oublier jusqu'au dessin que voici. Les traîtrises du souvenir ne connaissent pas de bornes. Il faut croire cependant que le document que voici est le plus personnel dont je dispose. Mais je n'y avais pris garde, et peut-être est-ce la cause du verdict qu'il laisse choir.

On distingue sur ce dessin quelques bipèdes à grosse tête, figures assez simplifiées pour qu'on les distingue même dans l'embrouillamini qui surgit sous le regard. Il y en a quatre, on dirait, faits au crayon de couleur, en tons qui ont dû un jour être vert et bleu foncés. Deux de ces figures sont un peu plus grandes que les autres — ce sont sans doute les parents. Ils partent chacun de leur côté — dotés, sous le menton, de jambes énormes. La troisième, un peu plus petite, présente une grosse tête et une longue tignasse — apparemment la grande sœur. A quelque distance de ces trois-là, on distingue en bleu foncé un autre petit bipède, avec une grosse tête : l'auteur du dessin, il faut croire. Et à côté, d'une main que selon toute apparence on a guidé : « À PAPA ». Je ne puis en principe exclure que le dessin ait pour destinataire une autre personne que moi, mais la chose est peu plausible. On ne se départit pas de ce genre de document.

Mais ni lettres, ni photos, ni même reçus de la poste pour pension alimentaire — ne l'avons-nous pas déjà dit ? J'ai sans doute demandé partout, écrit de toutes parts, mais sans obtenir de réponse, ou alors, à force d'insistance, je me suis fait délivrer des indications qui allaient en des sens différents.

Le pire, c'est que les enfants que j'ai retrouvés « chez moi », quand je revenais le soir, et qui ont dû tantôt m'accueillir de regards pensifs, appuyés, tantôt m'ignorer, oui... que parmi ces enfants peuvent s'être trouvés les miens sans que je les aie reconnus, ou qu'ils aient eu vent du fait que je suis aussi leur père biologique.

Non, le pire n'est pas que je les aie peut-être rencontrés sans m'apercevoir que c'était eux. C'est que je ne puisse rien faire pour eux. Peut-être sont-ils en péril — non sur le plan matériel : la chose est inaccoutumée dans le pays. Mais on est peut-être bien, en tout bien tout honneur, en train de faire d'eux, à coups de colle et de ciseaux, quelque chose que j'aurais pu empêcher. Il est certain que leur manque une relation suivie. Peut-être crient-ils dans le désert, sans trouver d'écho où que ce soit. Peut-être même sont-ils exposés, de façon très concrète, sans que nul ne puisse dire du jour au lendemain ce qu'ils ont et ce dont ils manquent. Des chaussures de gymnastique éculées et pas de chandail du tout à l'heure où vient l'hiver. Savoir qu'ils sont là dehors, dans cette lumière de manège, et ne pouvoir les atteindre ni leur porter secours, c'est un désespoir aussi grand que...

Oui, c'est vrai, je ne cesse de penser à Louise. Mais ce ne sont là, bien sûr, que les deux aspects de la même chose. Si au moins je pouvais me dire qu'ils étaient auprès d'elle. Mais il n'y a nul espoir de consolation de ce côté. Elle les cherche peut-être — me cherche aussi — de toutes parts, s'attarde d'un air inquiet à certaines moues, certains regards, sans jamais trouver de certitude. Nous ne saurions nous reconnaître. Nos regards se croiseraient, suivant attentivement les traits de l'autre, et chaque observation spécifique — menton, narines, sourcils — nous conforterait dans l'idée qu'il s'agit d'un étranger. Et que les enfants ont été de purs hasards qui ont pris leur chemin, cet après-midi là, à travers nous. Certaine ressemblance, oui, mais pas *ces* yeux grands ouverts, *cette* main levée en un geste de découragement...

Et je crains que mes inquiétudes n'étendent leur loi au-delà de ce qui est ma pauvre situation personnelle. S'il est vrai que tout effort pour fixer les fragments que ma mémoire conserve de Louise ne contribue qu'à faire croître mes incertitudes, il doit en aller de même de ce qui touche mon travail, oui, notre existence en général. L'enquête qui a cherché à définir le mode d'apparition et la nature des phénomènes qu'un peu vite nous avons nommés oubli n'a pu, de la même manière, qu'accroître l'embarras. Je suis dans l'obligation d'inventer une stratégie me permettant de débusquer par surprise le vrai — oui, je dis le vrai, sans pudeur —, par enveloppement, sans l'observer de face.

Suis-je resté trop longtemps à regarder ce dessin ? Je ne sais. Mais il y a là quelque chose qui ne va pas, mis à part le fait que les lignes s'y télescopent, divergent, se confondent, fuyant toute précision dirait-on. Ce n'est pourtant pas ce qui m'inquiète.

Je comprends soudain ce qui a coloré mes réflexions d'incertitude là-devant. Le papier a vieilli, jauni allais-je dire, pâli serait le mot, il est diaphane, crevé. Ce dessin-là doit avoir au moins dix ou vingt ans, et les enfants qu'il montre sont des adultes à cette heure. Il ne peut s'agir de ceux que j'ai eus avec Louise. Ai-je même vécu avec elle ? Ou est-elle comme une voie que je n'ai pas choisie, pas eu le cœur de choisir ?

Et, pétrifié, je vois que j'en suis de nouveau revenu à raisonner. Il est bien évident que j'ai tout à la fois vécu et n'ai pas vécu avec Louise. S'il me faut vous le *préciser*. Je dois retenir ma langue.

Je n'ai d'autre espoir que de me trouver par hasard là où, sans qu'on le demande, les mots voient à votre place, là où en un éclair une phrase en cherche une autre, qui brille dans le lointain, comme un reflet dans l'eau noire. La seule issue paraît de s'en remettre à-Dieu-vat, à ce qu'une loi capricieuse vous entraîne en des lieux où, sans même qu'on y ait jeté un regard, apparaissent des cohérences d'ensemble.

La grâce. Celle qui, ensemble, manifeste et pardonne. Les miettes qu'à laissées l'oubli.

Je ne sais pourquoi il me semble que je pourrais me faire comprendre à l'aide de cette photo, qui date de mon enfance, il se peut. Nous ne lui avons pas encore prêté attention. Elle a glissé du tas, d'elle-même, vous voyez. *Cette chose-là aussi* nous arrive d'elle-même, sans que n'interfèrent mes questions. Oui, cette photo-là nous répondrait d'elle-même. Elle a pâli par endroits, mais représente un garçon, et ce doit être moi, debout dans une barque. On en aperçoit derrière les rames relevées. Une éclaboussure de lumière laisse deviner de l'eau, mais l'arrière-plan est flou, un large ruban un peu plus sombre, c'est tout. L'ensemble est vague mais riche de toutes sortes de promesses, comme juste avant qu'on ait une idée lumineuse. Il a quelque chose, ce garçon! Il tient d'une main quelque chose, on dirait une antenne, très vraisemblablement une canne à pêche si l'on se laisse guider par le contexte — mais c'est comme si elle avait capté je ne sais quoi. Et il en sort du sens. L'autre bras est un peu courbé, comme s'il soulevait quelque chose, non, comme s'il faisait signe. On dirait que le pantalon est tiré vers le haut — la boucle de la ceinture lui brille sur la poitrine. L'éclat en est presque au centre. Mais cette figure a un air légèrement absent, comme si elle était au-delà de ce que l'image veut dire. Ou comme si elle se dérobait à l'attention trop vive de celui qui l'observe. Cette photo a bien sûr certaine relation avec ce dont nous parlions, mais je n'arrive pas à savoir quoi. Pourquoi le garçon se tient-il debout dans le bateau ? La chose a-t-elle un sens ? L'expression du visage ne fournit aucun indice. Le fait qu'il ne soit pas assis m'inquiète en tout état de cause. J'en suis hors de moi à vrai dire.

J'observe que vous vous penchez, que votre souffle s'altère. Est-ce ma façon de raisonner qui vous irrite ? Ou voyez-vous quelque chose qui m'échappe, sur cette photo ? Oui, j'en espérais beaucoup, mais la pêche n'a rien donné. On ne peut exclure que ce soit l'attention que *vous* montrez, votre façon de fixer la photo en question qui en dissipe le sens. Je ne veux pas avoir l'air de me disculper, mais je suis tout de même en proie au soupçon que j'ai pu attacher à votre présence trop de prix. Je n'ai jamais douté que vos réactions soient de nature à me permettre de mieux voir les choses, de progresser avec vous, par le raisonnement, vers une espèce de clarté. Le fait que vous soyez là me rend possible, bien sûr, de suivre le fil de telle ou telle autre pensée, mais de fait j'emploie le loisir qui m'est laissé par là à noyer en bavardages les quelques points d'ancrage dont je dispose. Et je ne suis pas très sûr que vous n'y soyez pour quelque chose. L'une après l'autre les voies de l'intelligible se sont estompées et brouillées, et tels et tels indices perdus en contradictions, parce que je me suis exprimé de façon trop précise, je veux dire : entraîné par vous à des formulations trop précises. J'ai le sentiment que ce qu'il y avait ici de raison s'est trouvé, plage après plage, noyé dans le néant, parce que, précisément, vous m'encouragiez à en freiner l'invasion. Il vaut mieux, je crois, que vous me laissiez au silence et à ces muets efforts d'enveloppement.

Ou est-ce que je suis injuste ? Suis-je, en réalité, à mordre la main de qui m'a nourri en son sein ? Je n'arrive pas à me faire une idée claire de votre rôle. Et, me prenant au mot, vous vous êtes levé, je vois. J'ai aussi épuisé les ressources de votre patience, bien sûr.

J'ai encore envie d'une chose, si vous voulez bien attendre une seconde. Je voudrais un instant voir avec vos yeux. Peut-être avez-vous atteint je ne sais quelle forme de savoir au sujet de celle que je cherche, de chacune de mes pensées, en chacun de mes souffles. Peut-être voyez-vous que je suis si près d'elle qu'il me suffirait d'étendre... Ou peut-être, en tout ce que je dis, ne voyez-vous que les diverses expressions d'une idée fixe, et par là même fuyante, je ne sais quoi de trouble qui se répand dans mon crâne comme d'un clou rouillé. Mais je redoute que votre façon de me regarder, elle aussi, ne corrompe l'observation. Je ne puis être assuré que votre vision des choses soit en réalité plus large que la mienne, même si vous êtes d'ailleurs. Peut-être votre regard est-il entre autres cause de ce que je suis maintenant plus indécis encore qu'il y a quelques heures. Je crains que vous ne soyez de conversation maligne. Si nous poursuivions, vous seriez peut-être bientôt seul assis à cette table, ma chaise vide étant le seul signe de ce qu'un entretien a eu lieu. Je m'irrite en outre du fait que vous ayez tant insisté sur la question des torts, bien que j'aie pu vous montrer qu'il n'y a rien de certain. Mais si, je sens fort bien au niveau des omoplates que vous agitez le problème de ma complicité en l'affaire, aussi parfaitement imaginaire soit-il. Non, je crois bien que je sais ce que je verrais en regardant les choses avec vos yeux. Ce ne serait pas la peine.

Vous levez le camp, j'entends. C'est le mieux, évidemment. Ne me croyez pas ingrat. Vous étiez certainement plein de bonne volonté. Mais à l'heure où vous vous apprêtez à partir, je sens en tout mon corps, en tout ce qui m'en reste, que de cette rencontre vous n'emportez avec vous qu'un vaste malentendu.

Composition Eurocomposition.
Impression Normandie-Impression S.A.
à Alençon, le 10 août 1990.
Dépôt légal : août 1990.
Numéro d'imprimeur : 901244.

ISBN 2-07-071690-2/Imprimé en France.

49535